누구의
흰가슴에
붉은 꽃이 피는가

서정주 시세계를 찾아가는 문학 여행

서정주 시세계를 찾아가는 문학 여행

누구의 흰가슴에 붉은 꽃이 피는가

윤재웅 지음
박성기 사진

깊은샘

차례

2부. 길 따라 물 따라

3부. 시집 속 사람들

서정주 문학의 기원을 찾아가는 문학 여행기

질마재 마을 이야기를 하고 싶다. 전라북도 고창군 부안면 선운리 이야기다. 질마재는 마을 뒷산을 넘어가는 고개 이름이기도 하고 마을의 옛 이름이기도 하다. 시인 서정주의 고향 마을. 그의 이야기 시집 『질마재 신화』1975를 통해 소개된 바 있다. 벌써 50년 전쯤의 일이다.

질마재는 한국문학사의 중요한 현장이다. 시인이 시집을 통해 이야기한 사건 현장들이 대부분 남아 있다. 생가, 외가터, 서당터, 도깨비집터, 신발 떠내려 보낸 냇물, 부안댁터, 알묏집, 「간통사건과 우물」의 현장인 우물, 소자 이생원네 마누라님이 오줌 누워 키우던 무밭…, 시인의 기억이 불러낸 마을 역사의 현장들이 잘 보존되어 있는 건 기적이다.

개발이 안 된 덕이다. 이 마을은 외지고 후미져서 개발론자들의 눈이 빨리 가지 않는다. 그나마 시인의 고향마을이어서 방문하는 외지인들은 시인의 생가나 묘소나 기념관을 보러 오는 이들이 대부분이다. 주민들은 논농사, 복분자농사 위주로 생계를 꾸리거나 수협 조합원이 되어 수산업활동을 하기도 한다. 시인이 태어난 1915년보다야 여러 가지로 풍족해졌지만 질마재 마을은 여전히 조용하고 고즈넉한 곳이다.

오래 전부터 이 마을을 책 속에 옮겨보고 싶었다. 시인이 태어나서 유년기를 보낸 곳. '나를 키운 건 팔할이 바람'의 그 바람이 언제나 많은 곳. 소요산을 등지고 바다를 바라보면서 생가와 기념관과 묘소를 품고 있는 곳. '쓸쓸한 충만'이라는 한국문화의 특별한 분위기를 느낄 수 있는 이 공간을 글로 되살려보고 싶었다.

이 책은 시인 서정주의 고향마을에 대한 다큐멘터리이자 학술과 예술의 중간쯤에 있는 교양 에세이이다. 학술논문이나 연구저서로는 쓸 수 없는 감회가 있어서 이런 양식을 택했다. 시인의 고향마을 이야기는 마을 이야기만이 아니라 그의 문학과 인생에 영향을 미친 주변의 여러 공간들을 주목한다. 고창읍성, 동리국악당, 선운사, 하전개펄, 줄포, 곰소, 바다호수… 인문지리학의 요소도 많지만 결국은 문학지리학이고 서정주 문학의 공간에 관한 이야기인 셈이다.

서정주 시인은 필자의 은사이기도 하다. 선생님 사후 20년 이상 다양한 기념사업을 해오는 중 뜻 있는 분들과 힘을 모아 20권의 전집을 간행하고 나니 제자로서 최소한의 도리를 한 것 같아 부끄러움은 면하게 되었다. 그 다음 할 일은 무엇인가? 이 물음 앞에서 그의 '고향'으로 발길을 돌리게 되었다.

『질마재 신화』는 서정주의 고향마을 이야기일 뿐만 아니라 한국문학의 원형이 아닐까 하는 생각을 해오던 터였다. 무엇이 그의 시심에 영향을 미쳤을까. 산일까, 바다일까, 바람일까. 책일까, 사람일까, 이야기일까. 서정주를 향한 몰입의 세월이 이 모든 요소들을 다 불러들였다. 그러므로 이 책은 서정주 문학의 기원을 찾아가는 문학 여행기라고 해도 좋겠다.

좋은 시절 인연이 있어서 이 책이 세상에 나오게 되었다. 미당시문학관을 설계한 건축가 김원, 모차르트의 음악과 함께 세상을 빛내는 가장 아름다운 예술로 미당의 시를 손꼽는 고려대 이남호 교수. 두 분은 미당 애호와 문화 사랑의 높은 경지를 보여준 내 인생의 특별한 선배이시다. 미당 사후 지난 20년, 어려울 때마다 정신의 힘줄이 되어주셨다. 금생은 물론 내생에서도 고마움을 잊을 수 없다.

미당 기념사업을 함께하고 전집을 같이 만든 친구 전옥란이 이 책의 교정을 꼼꼼하게 도와주었다. 박성기 사장은 학과 후배이자 고창 출신이다. 이 책의 사진을 도맡아주었다. 두 사람 다 머나먼 전생에서부터 찾아온 귀인 같다. 고맙고 감사하다. 선생님 영면지에 엎드려 절을 올린다.

2021년 서릿달 국화 피는 밤에 윤재웅 쓰다

쓸쓸한 충만의 바다

1부.

이야기를 시작하며

사는 곳에 대해 불평하지 말라. 여기의 좋은 점을 찾으라. 세상 좋을 것도 나쁠 것도 없다. 외지고 험한 곳이 오히려 명당 아닐까? 어디든 사람 사는 데라면 좋은 점 하나 없으랴.

척박한 곳이 명당이라는 생각은 비현실적이다. 좋은 건 누가 봐도 좋고 나쁜 건 누가 봐도 나쁘다. 좋고 나쁨은 인간 기준이다. 사람에 좋은 게 자연에 나쁘고 그 반대의 경우도 흔하다. 코로나19 전염병이 창궐해서 인류가 힘들 때 자연환경은 오히려 깨끗해진다. 어느 한쪽이 나쁘면 다른 한쪽이 좋아지는 것도 세상 이치다.

외지고 척박하면 낙후지역이 되기 쉽다. 투자가치가 없어 개발되지 않는다. 이런 곳일수록 무공해 청정지역이다. 외진 곳이 외려 아름답다. 자연이 자연답다. 벌레의 낙원, 곤충의 천국이다. 벌레도 못 사는 데가 어찌 명당이랴. 낙후지역이 명당이다. 역설이다.

바다와 바람과 눈비가 엮어낸 우여곡절의 드라마, 질마재 마을

질마재 마을은 상명당上明堂이다. 전라북도 고창군 부안면 선운리. 외지고 쓸쓸하다. 마을엔 산과 바다와 개펄이 함께 산다. 안개가 찾아오고 바람이 지나간다. 바다가 몰려오고 물러간다. 정든 이웃 같기도 하고 나그네 같기도 하다. 아침엔 펄이었다가 저녁엔 만조 밀물이다. 일 년 내내 바람이 불고 겨울엔 눈이 많이 온다. 바다와 바람과 눈비가 우여곡절의 드라마를 펼쳐 보이는 곳. 여기가 질마재 마을이다.

찾아오는 외지인이라야 선운사 들렀다 서정주 시인의 생가나 문학관을 보러 오는 이가 대부분이다. 주민은 많지 않다. 낮은 적막하고 밤은 고요하다. 예민한 귀명창은 달의 숨소리도 듣고 먼 바다의 물농우리 소리도 듣는다. 눈이 시원해지고 귀가 밝아진다. 백대쯤 앞쪽의 선조처럼 감각이 살아난다. 수천 년 시간을 통짜배기로 느끼는 곳. 이런 데가 상명당이다.

가을엔 마을 오른쪽 산언덕에 국화꽃이 만개한다. 만월 아래 보면 일품장관이다. 기러기 언덕. 안현雁峴이다. 땅 모양이 기러기가 부드럽게 날아 앉는 느낌이다. 거기 시인의 묘가 있다. 2000년 연말에 묘가 조성되고 나서 마을 주민들이 이곳 출신 서정주 시인을 기리기 위해 산소 일대에 국화를 심기 시작했다. 고창 국화축제의 기원이다.

미당 묘소에서 바라보는 질마재 마을 전경

미당 묘소

묘소 가는 길 '국화옆에서' 시비

묘소 아래 쪽에 조성된 국화 꽃밭

016

쓸쓸한 충만의 바다

산山 에세이 분야에서 독보건곤獨步乾坤인 시인 장호1929~1999는 쓴다. '추구월망간秋九月望間에 양수대탄兩水大灘'이란다. 경기도 양수리의 운길산 수종사에 올라 음력 구월 보름에 북한강과 남한강이 만나는 풍광 조망이 으뜸이라는 뜻이다. 시인은 왜 팔월 보름이 아니고 구월 보름을 운운했을까. 음구월은 팔월보다 하늘이 더 맑고 깨끗할 터. 발아래 굽어보는 물줄기가 마음에 도장 찍은 것처럼 선명할 것이다. 눈 시원한 명승名勝인 줄만 알았는데 본체실상本體實相이 오롯이 드러나는 오도悟道의 순간이 찾아온 건 아닐까. 월인천강月印千江. 달빛이 강물을 두루 비추듯 부처님 가르침이 세상 곳곳에 이른다는 깨침인데 시인은 운길산 팔부능선에 올라서 아름다움이 곧 진리임을 통찰했나 보다. 시간을 그대로 두고 공간만 질마재 마을로 옮기면 이 또한 장관壯觀이다.

청풍명월淸風明月은 여기가 제격이다. 하늘 깨끗한 음력 구월 보름 달빛이라야 한다. 서정주 시인 묘소 앞에 핀 1억 송이 국화꽃 향기를 맡아보는 체험은 평생 잊을 수 없다. 바람이 산들산들 불어오면 국화향이 코를 찌른다. 몸은 황홀하고 아찔한데 마음은 아득하니 묘묘하다. 쑥향 비슷하다. 먼 옛날 동굴 속에서 쑥과 마늘 먹으며 새로운 사람으로 거듭나는 단군 어머니가 생각난다. 미당유택未堂幽宅 냄새다. 극락향도 신선 선녀 냄새도 나는 모른다. 사람 죽어 살 사라진 자리에 나는 땅냄새 풀냄새 꽃냄새가 최고다.

서정주 시인의 집 중에 원형이 고스란히 보존된 곳은 서울

관악구 남현동 자택이다. 1970년 3월에 이사해서 2000년 12월에 작고하기까지 삼십 년을 살았다. 관악구청에서 보존 관리하는 '미당 서정주의 집'이다. 이 집의 원래 택호는 '쑥과 마늘을 먹으며 견디는 집'이라는 뜻의 봉산산방蓬蒜山房이다. 단군의 어머니를 기리자는 시인의 뜻이다. 조상을 생각하는 마음이 아닌가. 봉산산방과 미당유택. 살아서는 쑥향 속이고 영면해서는 국향 속이다. 몸으로 느끼고 싶은 이는 제 발로 가보면 된다.

달빛 서리 내리는 가을, 미당 국화 꽃밭 가운데 서 보라. 하늘에 달이 뜨고 안현 마을 산언덕엔 기러기가 끼룩끼룩 날아간다. 한 폭의 동양화 속이다. 바람이 살랑살랑 불면 멀리 금빛 바다가 수런거린다. 인생의 가을이 또 온다. 두물머리[兩水里]의 아름다운 시간을 질마재 마을 산언덕으로 옮겨오면 이 또한 풍류風流다. 가을밤 남도 풍취는 '추구월망간秋九月望間에 안현국향雁峴菊香'이 으뜸이다.

이 책은 미당 서정주1915~2000 시인의 고향마을에 대한 이야기다. 질마재는 그의 생가와 묘소와 기념관이 있는 마을이다. 서정주의 처음과 끝이 다 있다. 시집 『질마재 신화』1975의 배경이라는 점도 중요하다. 미당은 외지고 가난한 자신의 고향마을을 널리 알렸다. 마을의 풍속과 인정을 한 권의 시집 속에 오롯하게 재현했다.

『질마재 신화』는 이야기 형식의 시집이다. 시인은 입심 좋은 이야기꾼이 되어 마을의 재미나는 이야기를 흥미진진하게

시집 『질마재 신화』 ©윤재웅

들려준다. 그 재미 속에는 우스꽝스런 눈물도 있고 슬픈 웃음도 있다. 오줌이나 똥 같은 배설물이 신성하게 변한다. 따라지같이 별 볼일 없는 인생도 성인聖人이 되는 곳이 질마재 마을이다. 외지고 척박한 땅이 상명당이 된다는 발상은 질마재 마을사람의 삶에도 그대로 적용된다.

옛날 이야기책 『삼국유사』에는 불쌍한 계집종이 절에서 염불하다가 법당 지붕을 뚫고 하늘로 날아가는 이야기가 있다. 미천한 사람이 생불生佛이 되는 구조다. 시집 속 등장인물 중에 이런 인물이 많다. 가난에 대해 분노하거나 절망하지 않는다. 사람이라면 누구에게나 있는 신성神性과 불성佛性을 이들에게서 본다. 여기는 사람도 상명당 사람이다. 1975년 회갑에 출간했는데 정작 시인은 한국문학사 초유의 고향시집을 출간하고도 '미안닦음'이 되지 않아 마음그늘을 벗어나지 못한다.

> 지난 8월 15일 해방 기념일에도 나는 내 고향 질마재로 건너가는 나룻목까지 가서 물 건너 고향마을을 먼발치에서 뻔히 바라만 보고 섰다가 끝내 발걸음이 그리로는 옮겨지지 않아 건너가지 못하고 되돌아오고 말았다. 나를 잘 아는 내 나이

또래의 사공이 우두머니 서 있는 내 곁에 와서 왜 건너가지 않느냐고 물어 주었지만 내게는 무슨 대답할 수 있는 말이랄 것도 없을 뿐이다.

내 고향마을에는 예나 이제나 마찬가지로 두루 따분하고 가난하고 서글픈 사람만이 모여서 산다. 그러나 나는 환갑이 넘은 지금까지 그들을 위해 마음 쓰려 할 줄만을 알 뿐 그들을 좋게 해 주는 아무 일도 하지 못했다.

—「떠돌이의 글」,『떠돌이의 글』(『미당 서정주 전집』8, 이하 전집), 284~285쪽.

시집 속에는 마을 이야기가 33편 실려 있다. 전통적인 서정시도 아닌데 학자들이나 문학 전공자들의 관심은 제일 높다. 그는 생전에 15권의 시집을 출간했다. 개별 시집에 대한 연구로는『질마재 신화』가 제일 많다. 한국문학사가 인정하는 역작이다. 고향을 안타까워하던 시인이 최상의 보은을 한 셈이다.

질마재 신화,
슬프고 웃기고 억척같은 한국문학의 영원한 고향

『질마재 신화』는 질마재라는 특정 공간을 사랑하는 장소애場所愛.Topophilia 이야기다. 지난 백년간의 이야기, 이 마을사람들의 삶에 대한 소개가 주요 내용이다. 그것은 어쩌면 다큐멘터리이기도 하고 소문이기도 하며 시인이 꾸는 꿈일 수도 있다. 전라북도 외진 마을의 특별한 풍토기록이어서 지역문학이라면 지역문학이고 지방문학이라면 지방문학이다.

『질마재 신화』는 한국문화의 원형原型이다. 슬프고, 웃기고, 끈질기고, 억척같은, 조상의 삶이 여기 있다. 수천 년 세월 동안 전해져온 한국인의 마음씨와 생활상이 생생하게 펼쳐진다. 한국문학의 영원한 고향이 왜 아니겠는가.

문학 이야기만 하려는 건 아니다. 풍천장어 산지인 풍천을 따라 걸으며 소요산을 걸어 넘어가거나 하전 개펄에서 조개잡이 체험을 하면서 쓸쓸한 바다를 마음에 담아보는 시간도 나그네에겐 특별하다. 선운사의 단풍과 동백은 남도의 보배다. 단풍은 사무치게 붉은 11월이 좋고 동백은 꽃송이째 떨어지는 4월이 애절하다. 대웅전 앞 목백일홍 나무와 한국건축의 백미를 보여주는 만세루도 자연미의 으뜸이다. 람사르 습지, 인근의 곰소항, 아름다운 변산반도, 고창 고인돌 공원과 모양성을 거닐어보면 일부러 관광명소를 찾아갈 필요가 없다. 장소의 내력과 뜻을 새기고 발길 닿는 순간의 기분을 자연과 함께하면 최고의 공간이 새로 탄생한다. 외진 곳의 소박한 아름다움, 빈 바다의 쓸쓸한 충만을 만날 수 있는 곳. 여기가 상명당이다.

미당未堂

이제 질마재 마을 이야기꾼의 내력을 따라가 보자. 미당未堂은 서정주 시인의 호다. '아직 사람이 덜 되었다'는 겸손한 마음이 담겨 있다. 시인은 '영원히 소년이고자 하는 마음'으로 풀이하기도 한다. 미당의 마지막 대중강연이 열린 해는 그의 나이 여든셋이 되는 1997년이다. 4월 11일 서울대학교, 10월 26일 동국대학교에서 있었다. 내용이 비슷하다. 강연 말미에 미당은 자신이 영원한 문학청년이라고 했다. 이 말 역시 '미당'의 뜻풀이다.

> 나를 가리켜 다들 문학청년이라고 하는데 그 말은 맞습니다. 지금도 나는 늘 새로운 마음으로 시 한 줄 한 줄을 다듬고 또 다듬어 가고 있습니다. 아직도 나는 철이 덜 든 소년이고 여전히 소같이 우둔합니다. 60년 넘게 시를 써 왔는데도 시의 높이와 깊이와 넓이는 한정 없기만 합니다. 나는 영원한 문학청년입니다.
>
> —「나의 시 60년」,『나의 시』(전집 11), 377쪽.

강의실이나 사적인 자리에서도 비슷한 이야기를 들었다. 한국문학이 어떻게 하면 세계문학의 수준에 올라가는가. 학생인 내게 교수인 미당이 말했다. 언어에 활달해라. 영어는『성경』을 읽을 정도는 되어야 하고, 한문은『삼국유사』를 읽을 정도면 된다. 세계문학을 두루 읽어라. 그들과 어깨를 견줄 수 있는 수준을 가늠해라. 당대의 인기에 빠지지 말고 문학의 보편적 힘을 믿어라. 세계와 먼 미래의 인류를 위한 문학을 하라. 나는 칠십이 넘은 아직도 공부한다.

미당, 아직도 끝없이 걸어가는 시의 길

나는 미당의 '아직도'를 진정한 미당 정신으로 생각한다. 아직도는 '영원한 전진'이다. '끝없이 걸어가는 길'이다. 미당이 자신의 시작 노트에만 써놓고 발표하지 않은 작품들이 1백 편도 더 된다. 개중엔 빼어난 작품도 많다. 본인 마음에 들지 않아 발표를 미루었을 테지만 때를 놓치는 바람에 노트 속에만 잠들어 있는 보석 같은 작품도 있다. 1994년 7월 7일에 쓴「나의 길」을 보자.

내 길은
한정 없이 뻗혀 있는
안 끝나는 길이로라.

산을 넘어 가면
또 산,
그 산 넘어도 또 산의
첩첩산중 길이로라.

미당의 시작노트. 1950~2000년까지의 시 원고 초고 상당수가 10권의 노트에 육필로 적혀 있다.

사막을 건네 가면
또 사막,
그 사막 넘어가도 또 사막뿐인
아득한 아득한 사막길이로라.

그러나 이 길엔
바이칼 호수 같은
세계에선 제일 깊고
세계에선 제일 맑은
호수 물도 있나니,
이런 데서 쉬어 쉬어
대어갈 길이로라.

시인 나이 팔순. 삶도 시도 단순하고 소박해진다. 도道의 언저리에 가면 그런가. 꽃과 잎은 떨어지고 몸체와 큰 가지 몇 개 남겨둔 겨울나무 같다. 시인도 독자도 나이 들수록 단순한 게 좋다. 팔순 시인은 아직도 첩첩산중을 지나서 아득한 사막길을 건너고자 한다. 가는 중에 바이칼 호수 같은 델 만나 잠시 쉬기는 해도 예술가의 길은 근본적으로 '안 끝나는 길'이라 노래한다. 방황하던 이십 대 청년 시절에 쓴 '역려逆旅'의 정신이 팔십 노년까지 이어진다.

가리라 가리로다 꽃다운 이 연륜을 천심天心에 던져,

옮기는 발길마다 독사의 눈깔이 별처럼 총총히 묻혀 있다는 모래언덕 넘어… 모래언덕 넘어…

그 어디 한 포기 크낙한 꽃그늘,
부질없이 푸르른 바람결에 씻기우는 한낱 해골로 놓일지라도 나의 염원은 언제나 끝가는 열락悅樂이어야 한다.

―「역려」,『귀촉도』(전집 1), 107쪽.

옛날 스님들 인도 가는 길이 떠오른다. 순례자들은 파미르 고원을 앞두고 타클라마칸 사막을 지나다 선행자들의 해골을 만나곤 한다. 부처님 가르침을 만나기 전에 동료 시신을 먼저 만난다. 개중엔 신라 스님들도 많다. 구도의 길은 험난하다. 열에 아홉은 그런 신세다.

은은한 징소리가 가슴을 울리는 잔떨림의 시혼

시 쓰는 마음이 이와 다르지 않다. 완벽한, 최상의 시는 없다. 만월을 향해 가는 초승달처럼 늘 부족하다. 그럼에도 가야만 하는 길이다. 예술의 숙명이다. 미당은 숙명의 이름이다. 이십 대의 패기가 팔순에 이르러 단순해질 뿐 본질은 같다. 시의 고향을 향해 '안 끝나는 길'을 걸어가는 나그네. 그가 지상의 진짜 시인이다. 미당. 더 성장할 수 있다는 믿음. 누구에게든 소중한 마음의 보석이다.

김동건 아나운서가 진행하던 KBS 프로그램 〈11시에 만납시다〉에 출연해서 들려준 말이 인상적이다. 당시의 대담 내용에 시인 스스로 쓴 에세이를 더하면 이렇게 정리할 수 있다. 어떻게 해서 미당이란 호를 쓰게 되셨습니까. 친구가 지어줬지. 미사眉史 배상기裵想基. 이 분은 나보단 한 여섯 살쯤 위 선배인데 청년 시절엔 그냥 친구처럼 지냈지. 한시도 잘하고 세계문학에도 밝았어. 난 젊어서 스스로 '궁발窮髮'이라 호를 지었는데 그건 '쑥도 날 수 없을 정도의 불모지'란 뜻이야. 첫 시집 『화사집』을 낼 때 속표지에 '궁발거사窮髮居士 화사집花蛇集'이라 쓰기도 했어. 선배 시인 정지용이 한껏 멋을 부려 쓴 붓

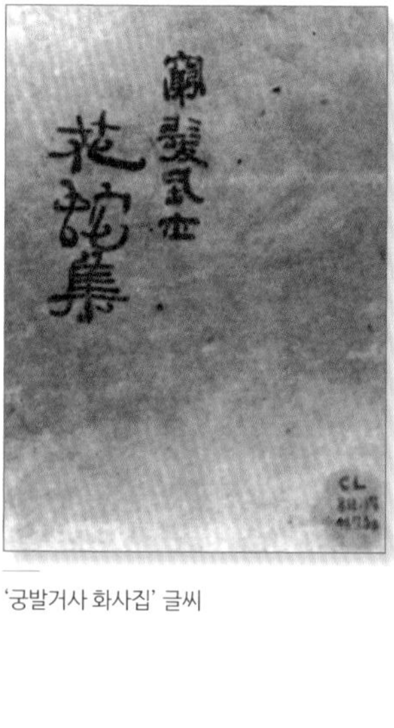

'궁발거사 화사집' 글씨

글씨를 그대로 인쇄한 거였지. 당시엔 나라 처지나 내 신세나 처량하다는 생각뿐이었어. 자존감 떨어지는 마음이야. 미사가 말하길 이제 그 호를 버리게. 내가 새로 지어줌세. 그렇게 잠시 까물까물하더니 미당이 좋겠네. 자네한테 잘 어울리는 이름이지. 가만 들으니 싫진 않았지. 사람이 덜 되었다는 뜻이니 내 모습 그대로고, 좀 더 겸손하게 살아야 한다는 뜻도 있지 않겠나. 게다가 소리가 편하니 세계인이 부르기도 쉽구. 내가 좋아하는 프랑스 최고의 예술가인 로댕하고도 발음이 비슷하고 말이야. 미당— 로댕, 로댕— 미당, 하하하….

하늘의 구름처럼 흘러가는 목소리. 벙글벙글 꽃송이 형제처럼 피어나는 목소리가 지금 막 새로 들린다. '미당'이라 나직이 부르면 은은한 징소리가 가슴을 울린다. 웅웅거리는 잔떨림. 여운이라는 말보다 실감난다. 그의 시가 꼭 이렇다. 소리 내어 읽으면 가슴에서 징소리가 난다.

두 향나무 사이, 걸린 해마냥
지, 징, 지, 따, 찡,
가슴아
인젠 무슨 금은金銀의 소리라도 해 보려무나.

—「두 향나무 사이」, 『신라초』(전집 1), 219쪽.

이런 시 구절을 어떻게 번역하나. '지, 징, 지, 따, 찡'은 징소리를 흉내내는 의성어만이 아니다. 가슴에 다섯 번 울리는 동안 드라마틱한 소리의 변주가 일어난다. 'A— B— A— C—B'의 구조다. '지'는 작은 소리 짧은 시작음, '징'은 크게 오래 울리는 소리, '지'는 다시 잦아드는 소리, '따'는 징 둘레를 나무 채로 때려 급작스럽게 변화를 주는 소리, 마지막 '찡'은 가슴을 더 아프게 때리면서 크게 오래 울리는 소리다. 두 향나무 사이에 걸린 해에서 그런 소리가 난단다. 가슴에서 금은의 소리가 나는 순간은 나와 징과 해가 하나가 되는 순간이다. 묘짜다.

위의 시는 문학이면서 음악이다. 심리학이고 역사학이며 민족지학民族誌學이다. 징소리의 변주는 인생사의 드라마를 압축한다. 미당만큼 소리에 민감한 시인을 아직 보지 못했다. 그의 시는 의미만 전달하지 않는다. 소리의 느낌을 잘 살려내는 공연 같다. 꽃뱀의 화려하면서도 징그러운 이중성을 노래하는 「화사」를 보라. '을마나 크다란 슬픔으로 태여났기에, 저리도 징그라운 몸뚱아리냐'를 표준어로 고치면 시의 맛은 달아난다. '을, 크, 슬픔'은 'ㅡ'모음 계열체로 통일감을 이룬다. 징그러울 때 '으으'하면서 어금니를 꽉 깨무는 경험이 되살아난다.

시는 말맛이 중요하다. 말맛 맘껏 맛보게 하는 시인이 미당이다. 지금까지 어느 누구도 미당 말맛을 체계적으로 연구하지 않았다. 미당의 시는 한국어 비밀의 미개척 분야다. 말맛 연구는 음성학이나 음운학 영역에 한정할 수 없다. 이 분야는 말에 어리는 느낌과 분위기, 오래 전부터 전승되어 내려오는 집단무의식이며 자연관과 역사관이 엉겨 있는 민족사의 보물창고다. 미당의 시를 언어의 문화재라 하는 이유는 이런 요인들이 풍성하기 때문이다. 미당 시 맛의 비밀을 찾아내는 일. 우리 세대와 미래 세대의 과제다.

질마재 마을

미당은 1915년생이다. 태어날 때부터 가난했다. 생가는 흙으로 벽을 발라 바람만 겨우 막은 집. 전라북도 고창군 부안면 선운리 578번지다. 방구들이며 콩기름 먹인 장판지가 다 무언가. 지푸라기 냄새 콤콤하게 나는 버섯처럼 생긴 목조 초가집 두 칸 방 알흙 위에 자리를 펴고 살았다. 어른들 일 나가고 없는 시간에 흙벽을 떼어 입 안에 넣고 오물거리는 다섯 살짜리 아이에게 들려오는 건 뻐꾸기 소리뿐이다.

아버지는 타관으로 벌이 나가고
어머니도 할머니도 밭에 나가고
빈집엔 다섯 살짜리 나 혼자뿐.
그리고 하늘과 땅 사이에선
서글프게 울어대는 뻐꾹새 소리뿐
머리에도 뼛속에도 가슴속에도
끊임없이 스며드는 뻐꾹새 소리뿐
개울가로 달려가서 개울 속을 보면은
거기 어린 구름에서도 뻐꾹새 소리뿐
집으로 되돌아와 숨을 죽이며
벽에 흙을 떼어서 먹어보면은
그 속에서도 울어대는 뻐꾹새 소리뿐

—「뻐꾹새 소리뿐」, 『늙은 떠돌이의 시』(전집 5), 248쪽.

외롭고 무서운 시간에 천지사방에서 들려오는 소리. 마법의 주문 같은 소리. 뿐… 뿐… 뿐… 뿐… 뿐의 라임rhyme이 화살처럼 날아와 심장에 박힌다. 뻐꾹새 소리 때문에 고독이 사무친다. 소년의 감성을 키운 것은 차라리 가난과 고독이 아니었을까? 아이의 감수성을 키우려면 어찌해야 하는지 답이 나온다. 자연 가운데 혼자 내버려두자. 그러면 아이는 오감을 동원해 자연과 사귄다. 세 살 버릇 여든 가듯 다섯 살 고독이 평생을 간다. 사람은 고독해야 자연의 말귀를 알아듣는다. 외롭게 자란 고독한 아이가 대시인이 된다.

여기는 선운리仙雲里 마을. 이름으로야 신선이 사는 듯 호젓하고 비밀스럽다. 사람들 입말로는 질마재 마을이다. 지리와 경관부터 독특하다. 질마재는 도회로 나가려 해도 물 건너고 고개 넘어야 하는 서쪽 땅끝 외통수 같은 곳이다.

질마재는 원래 고개 이름이다. 길마재가 동네 발음으로 질마재가 되었다. '재'는 '고개'의 뜻이니 길마재는 길마 고개인 셈이다. 길마는 소나 말 위에 얹어 짐을 나를 수 있도록 만든 운반구다. 반달형으로 구부러진 나무 모양인데 바라보고 있으면 눈 가장자리가 촉촉해진다. 무거운 짐이야 누구 어깨 위엔들 없을까. 삶은 누구에게나 힘들다. 고개를 넘는 것처럼.

질마재는 흔한 고개다. 끝 동네를 가리키는 '동막'이나 지형의 가장자리를 뜻하는 '개머리'(갓+머리)처럼 금수강산 곳곳에 널려 있다. 전라북도 고창군 흥덕면에서 부안면으로 넘어가는 아담하고 기다란 고개에도 이 이름이 붙어 있다. 소요산 옆 줄기를 끼고 넘어간다.

복원된 미당 생가

소요산

종각 앞 나무판에 새겨진 글씨 : 문차종성聞此鐘聲 이고득락離苦得樂

소요산445.4m은 방장산, 영주산과 함께 삼신산三神山 가운데 하나다. 전설의 산 이름을 마을 산에다 붙였다. 우뚝하게 잘 솟아 씩씩한 남정네같이 생겼다. 이름 덕에 신비로운 이상향 이미지가 따라다닌다. 산 정상 동편에 소요사가 똬리를 틀고 앉았다. 외줄기 비포장이지만 찻길이 나 있어 가기 어렵지 않다. 소요사 범종각 앞 나무판에 새겨진 글씨가 눈에 달려든다. 문차종성聞此鐘聲 이고득락離苦得樂. '이 종소리를 들으면 괴로움은 사라지고 기쁨이 찾아오나니….' 험산 힘들게 오르는 인생. 그래도 종소리가 있어 괴로움을 없애고 슬픔을 달래준단다. 삶이 아무리 힘들어도 숨구멍 트이는 데가 있다는 이야기다.

바다호수

질마재 고개 마루에 서면 바다가 눈부시게 펼쳐진다. 계절이나 시간을 잘 맞추면 아름다운 저녁 바다를 볼 수 있다. 바다가 멀리 물러나가면 물 빠진 개펄 위로 황금햇살이 쏟아진다. 빈 바다의 풍요를 아는가. 쓸쓸한 충만의 바다. 팍팍한데 눈부시고 쓸쓸한데 아름답다. 텅 빈 바다 개펄 위로 가을 햇살이 고슬고슬 내리면 갓 지은 쌀밥이 먹고 싶어진다. 죽을 마음 먹었다가도 살고 싶어진다.

예 와서 죽기로 결심한 여인이 있었다. 절에 와 스님처럼 머리 깎고 지내던 한 처사가 팍팍한 인생의 의미를 조금 일러주었다. 잠깐 알기는 알아도 내일이면 또 죽고 싶을 것 같았다. 스님이 절 좀 구해주시면 안 될까요? 예순을 넘긴 처사 스님이 산문山門을 나와 여인을 구했다. 일류 요리사인 여인은 사람들에게 생명의 음식을 만들어준다. 스님 남편은 은사 모시듯 요리사 부인을 시봉한다. 누가 스승이고 은인인지는 생각하기 나름이다. 사람을 살리고 생명을 만드니 부처와 보살을 다른 데서 찾을 필요 없다. 여기는 풍요의 바다, 칠산 바다다.

칠산 바다는 전라북도 부안 앞바다 일대를 가리킨다. 변산반도 앞섬인 위도에서 굴비로 이름난 영광 언저리까지 펴져 있다. 질마재에서 내려다보이는 바다는 내륙 안쪽으로 길게 들어온 내해內海지만 넓게 보면 칠산 바다다. 변산반도 안쪽 해안과 부안 개펄 사이에 호수처럼 끼어들어 있어서 만을 이룬다.

서정주 시인은 어려서 아버지와 함께 이 바다 옆길을 걸었다. 정확히 말하면 바다와 연결된 호수길이다. 갈대가 무성히 자라서 바람에 사운거리면 다락방 같이 느껴지곤 하던 갈대밭. 그 다락의 영창 같은 곳이 바로 대포 호수였다. 그의 유년기 자서전에 따르면 “가슴이 큰 두 아주먼네가 흰 무명옷으로 누워 있는 것 같은 호수” 말이다. 어려서 멱을 감고 갈대 피리 꺾어 불고 갈똥게를 잡기도 하던 곳. 수문을 통해 바닷물이 드나들어 짭조름한 냄새가 나던 호수다. 그 호수 옆길을 걸어가던 기억이 오래도록 잊히지 않는다.

줄지은 기러기들이 끼루룩 끼루룩 이마로 하늘을 걸어가는 찬 서리 내리는 달밤, 홑옷 입은 아들은 몸이 얼어붙어 아버지 두루마기 속으로 들어간다. 아버지와 포개진 열두 살 아들은 아버지 겨드랑이의 따스함이 몸에 바짝 다가온다. 아버지의 체온만큼 혈육의 정을 느끼는 경험이 또 있을까 싶다.

바다호수, 마음의 더운 번뇌를 식히고 싶다

바다호수의 이미지는 독특하다. 파도가 잔잔한 바다 옆 호수의 뜻도 있지만 마음의 더운 번뇌를 식히고 싶은 청년시인의 무의식도 얼마간 스며있다. 바다호수를 옆구리에 낀다는 시의 이미지는 아버지의 체온과 고향을 생각하게 함과 동시에 떠돌이 인생길에 대한 암시도 얼마간 들어 있지 않을까?

병 나아
기러기표 옥양목의
새옷 새로 갈아입고,
눈멀었던 햇빛
눈 띄여
내가 또 유랑해 가게 하는 것은
내가 거짓말 안 한
단 하나의 처녀 귀신이 나를 찾아오기 때문이다.
문둥이산 바윗금 속에도 길을 내여
그 눈섭이 또다시 찾아오기 때문이다.
겨드랑에 옛 호수를 꺼내여 끼고
아버지가 입고 가신 두루마기 내음새로
내가 또 유랑해 가게 하는 것은….

―「내가 또 유랑해 가게 하는 것은」, 『동천』(전집 1), 304쪽.

좋아하고 존경하는 아버지였건만 부딪치기도 하고 실망도 많이 시켜드렸던 아들이다. 과거시험 초급 단계인 진사시에 급제하고도 나라가 국권을 빼앗기는 바람에 입신출세의 공무원 취업길이 막혀버린 지식인 아버지. 그의 유일한 희망은 아들이 공부 열심히 해서 경성제국대학에 들어간 후 판검사가 되는 길이다. 큰아들을 특별히 교육시키기 위해 근대식 학교가 있는 줄포로 이사도 가고 또 경성으로 유학을 보내기도 했건만 아들은 일제에 항거하는 데모를 하다가 퇴학당해 낙향

한다. 그 후론 마음 못 잡고 방랑하며 돌아다닌다. 머리 깎고 스님 되는 결심도 했다가 어름어름 대학 공부도 잠깐 맛보지만 이마저 중도포기하고 마는 아들. 어찌어찌해서 혼인은 시켰으나 일제 강점기 수탈경제 체제 속에 직업이 없는 아들이 아버지는 늘 불안하기만 했다. 변변한 직장도 없이 아버지를 여의고 나니 아들 가슴에 남은 한이 크다. 근엄한 아버지와 다정하게 걷던 추억이 새록새록 시심을 불러낸다.

> 어머니 병들어 누으시어서
> 삼십 리 밖에 가 계신 아버지를 데리러
> 터덕터덕 걸어서 갔다 오던 달밤.
> 열두 살 때의 찬서리 오던 그 달밤 하늘을
> 줄지어 울고 가던 기러기 소리.
> 예순다섯 해나 지냈건마는
> 아직도 귀에 울리는 듯하여라.
> 아버지의 하얀 무명 두루마기 속으로
> 내가 치워서 숨어 들어가면은
> 한층 더 뼈를 울리던 그 기러기 소리
> 영영 잊혀지지 않어라.
>
> —「기러기 소리」,『늙은 떠돌이의 시』(전집 5), 325쪽.

셋째 번의 아버님과 나와의 동행의 그림엔 늦가을 밤의 달이 보름 무렵으로 덩그러니 뜨고 또 기러기들도 북으로 끼룩

거리며 줄지어 가고 있다. 국민학교 3학년인 열두 살짜리 나는 우리 집이 새로 이사 가 살던 줄포라는 곳에서 어머님이 급병이 나서 낮에 30리를 걸어 아버지 있는 곳으로 줄달음쳐 갔다가 밤에 또 그 30리를 아버님을 모시고 되돌아가는 길이었다. 이때까지도 아직 속샤쓰라는 게 가난한 아이들에게는 없던 때라, 흰 무명베의 홑고의적삼 바람으로 뒤따르며 떨고 있던 나더러 아버님은 "칩거던 내 두루마기 속으로 들어서거라" 하시어, 그 희다 못해 푸른 옥색 옥양목 두루마기 자락 속으로 한동안씩 들어가 몸을 녹이며 걸어가던 일이 지금도 기억에 생생타.

서해 바닷물이 산협 사이로 2, 30리를 띠처럼 기어들어 오는 언저리의 바닷물 위 나무다리를 건너기도 하고, 그다음에는 연꽃의 꽃대들만 말라서 남은 호수를 우리 두 부자의 겨드랑이에 바짝 가까이 느끼며 돌아가기도 하면서…

—「너희들 때 햇볕 보아라」,『떠돌이의 글』(전집 8), 276~277쪽.

줄포 茁浦

바다호수 안쪽 끄트머리, 예전에 줄포라는 자그마한 포구가 옹송그리고 있었다. 서정주의 아버지 서광한1885~1942은 질마재 마을 서당에 다니던 어린 아들에게 근대 교육을 시키려는 심산으로 삼십 리나 떨어져 있는 면소재지 줄포로 이사를 간다. 소년 서정주는 여기 줄포공립보통학교에서 열 살부터 열다섯 살까지 5년을 수학한다. 공부를 잘하는 편이어서 6년 과정을 5년 만에 졸업한다.

그는 줄포공립보통학교를 졸업하고 서울로 올라가서 중앙고보에 입학한다. 지금으로 치면 중고등학교 과정에 진학하는데 중2때 퇴학당한다. 광주 학생운동 지지 시위를 하다가 강제로 퇴출된 것이다. 고창고보를 잠시 다녔지만 여기서도 적응하지 못해 학업을 그만두고 방황한다. 서울에 올라와 당대 최고의 불교 지도자 석전 박한영 스님의 권유로 현 동국대학교의 전신인 중앙불교전문학교에 입학했으나 이마저 1년 다니고 그만둔다. 제대로 된 졸업장이 없다. 줄포공립보통학교 학적부는 그래서 소중하다.

입학일이 대정大正 13년 4월 18일. 대정은 일본 천왕 요시히토嘉仁. 1879~1926. 재위기간1912~1926의 연호다. 생년월일이 대정 3년 5월 18일로 기록되어 있으니까 1914년 5월 18일이다. 실제 출생일보다 1년 빠르게 기록되었다. 1915년에 태어나서 1924년에 입학하기까지 그의 조국은 이름이 없다. 나라의 공식문서에서 조선은 사라졌다. 학교에서 배우는 '국어國語'는 일본어다. 조선어는 국어의 지위에서 쫓겨나고 외국어 취급을 받는다. 외국어 몇 시간 배우듯 '선어鮮語'를 배운다. 소년 서정주는 여러 교과목을 두루 잘했다. 5학년 기준으로 키는 134.3센티미터, 몸무게는 29.41킬로그램이다. 오늘날 초등학교 1~2학년 남학생 정도의 발육상태다. 이런 아이가 1년 뒤 서울로 올라가 중앙고보에 진학해서는 일제에 항거하는 시위를 한다. 그 때문에 퇴학당하고 그 때문에 방황하고 그 때문에 시인이 된다.

방황하던 시인의 놀라운 시적 성취

그는 1936년 등단 무렵부터 이 나라의 천재시인이다. 첫 시집『화사집』1941은 우리 문학사에 큰 충격을 주었으며 이후 간행하는 시집들 역시 수작秀作의 산실이다. 미당은 초등학교 졸업 학력만으로 동국대학교 교수도 되었는데 이는 그의 시적 성취에 대한 인정과 당시 교수자격 요건의 느슨한 기준 때문이다. 1954년부터 대학 강의를 하긴 했지만 1959년 4월 1일에 정식 전임강사가 된다. 당시에 학위를 제대로 갖추지 못한 채 교수를 하는 경우가 많아 이를 일괄해결하기 위한 방책으로 정부에서 해당자들에게 교수자격논문 제출을 요청한다. 서정주는 「신라 연구」를 제출하여 교수 자격 인정서를 받는다. 1960년 6월 27일, 심사위원장이 역사학자 이병도로 되어 있다.

지금으로선 상상하기 어렵지만 초등학교 졸업 학력의 교수가 탄생한 것이다. 그래서 줄포공립보통학교의 학적 확인은 중요하다. 현재 줄포초등학교에는 학적부가 없다. 한국전쟁 때 분실되었다고 해서 정부기록보존문서를 열람했다. 유족이 아니면 신청할 수 없어 유족의 도움을 받았다. 이 기록은 1924년부터 1928년까지 서정주의 삶을 확인할 수 있는 유일한 공문서다.

질마재에서 태어나 보낸 세월이 10년, 줄포로 이사 와서 5년이다. 질마재에서 서당을 4년쯤 다녔고 한문을 어느 정도 익힌 상태에서 근대학문 체계 속으로 편입했다. 줄포학교에서 일본어를 배웠으며 이것이 바탕이 되어 세계문학전집을 비롯한 각종 근대 서적을 탐독할 수 있는 토대가 마련된다.

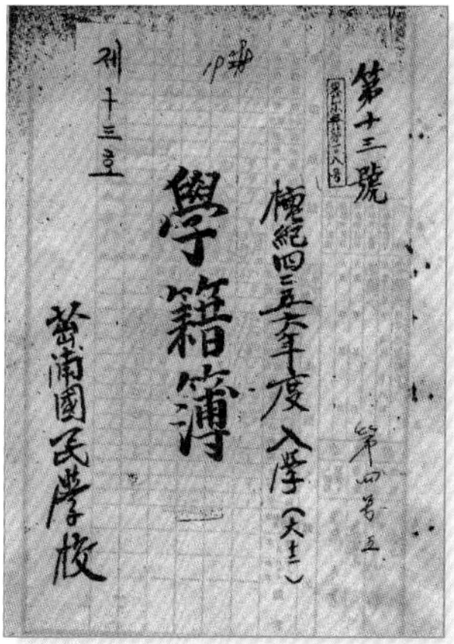

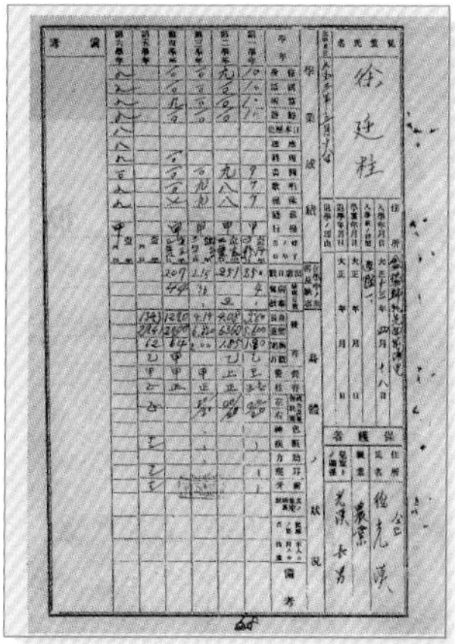

줄포공립보통학교 학적부 ©윤재웅

줄포초등학교

퇴학당한 학생이지만 독서량이 많았다. 요즘말로 학교 부적응 학생이면서 스스로 공부하는 '자기주도형 학습자'다. 퇴학이 곧 인생의 실패는 아니다. 퇴학당한 후 부랑아 생활도 하고 선배 집에 의탁하기도 하면서 책을 많이 읽는다. 미사 배상기는 이 무렵 서정주에게 가장 영향을 많이 끼친 인물이다.

그는 또 곧잘 센티멘털해지기도 하는 것이었다. 그런 때 들려주는 이야기가 일테면 문학이었다. 비가 나리어서 밤 깊도록 내가 잠을 못 자고 누웠으면, 그의 방에선 이윽고 가야금 소리가 들리어 온다. 그의 방으로 찾아가면 그는 소위 산조라는 것을 투기고 앉았다. 그런 때 들려주는 이야기가 고골리의 「남로춘소南露春宵」(『지칸카 근교의 야화』)였다. 아쿠타가와 류노스케였다. 그 해박한 한시 번역이었다. 때로는 산적이었다. 신경쇠약이었다. 이런 사람이 어찌 18세 소년 서정주에게 조금도 영향하지 않을 수 있었겠느냐.

나는 날마닥 공설도서관엘 다니며 5, 6권의 고리키 전집과 투르게네프의 『그 전날 밤』과 모파상 같은 걸 주워 읽었다. 또 가끔 빙수집 같은 데 가서 소주를 한잔씩 몰래 사 먹었다. 머리털이 엉성히 자라고 얼굴은 자꾸 말라 들어갔다.

집을 떠난 지 9개월 만에 한 질의 세계문학전집과 몇 권의 톨스토이와 이시카와 다쿠보쿠와 기타하라 하쿠슈 등을 한 20원어치 고본가게에서 사 가지고 다시 집으로 내려오니, 아버지는 초당에서 무슨 멍석 같은 걸 절고 앉았다가 나를 한번 빤히 쳐다보곤 처음으로 내 앞에서 눈물 바람을 하셨다.

객담이지만 그전 우리 집엔 안채와 동떨어져서 대밭 속에 자그만 초당이 하나 있었다. 그 이듬해 가을이 되도록까지 나는 이 초당 안에 들어앉아서 부흥이 소리를 들으며 솥작새 소리를 들으며 밤 깊은 줄도 모르고 사 온 책들을 읽었다.

—「나의 방랑기」, 『떠돌이의 글』(전집 8), 54쪽.

자기주도형 문학공부로 일군 천재시인의 탄생 준비

미당은 학교 부적응 학생이다. 식민 체제에 항거하다가 그리 되었다. 아버지는 장남의 퇴학 소식에 하늘이 무너지는 줄 알았다. 탕아처럼 떠돌다 집으로 돌아온 아들을 바라보며 눈물짓는다. 그래도 아들은 자기주도형으로 특화된 문학공부를 한다. 부모의 뜻과 상관없이 자기 하고 싶은 공부를 마음껏 한다. 이 모든 과정이 천재시인의 자기 탄생 준비가 아니겠는지….

당대 최고 수준의 지식과 정보를 접하는 데엔 일본어가 필수다. 듣고 말하고 읽고 쓰는 역량을 갖추어야 했다. 이런 기초를 닦은 곳이 줄포공립보통학교다. 그래서 이때의 교육과정이 중요하다. 질마재 마을이 유년기의 고향이라면 줄포는 소년기를 활달하게 보낸 무대다. 당대에는 전라북도 부안의 경제 중심지요 물산이 풍부해서 시골 변방치고는 국제문화교류의 현장이기도 했다. 1924년부터 1928년까지 소년 서정주는 줄포에서 뛰놀고 내닫고 뒹굴었다.

닷새마다 서는 장에서만 보이던
그 늙은 생강장수 할아버지.
그 걸죽한 흰 수염과 흰 머리 땋아 늘인
씨익 웃음 묘하던

그 늙은 총각할아버지.
이 생강장수가 아무래도
줄포茁浦의 나날에서는 으뜸 아니었던가.

호떡 구워 파는 청인淸人들이나,
상해 옷감에 양말 파는 청인들이나,
누깔사탕집, 국숫집, 목간통집 일본 사람들이나,
시궁창 옆 진펄길에, 선창가에 흩어진
우리나라 사람 누구나 대강은 건달이어서
이 생강장수만큼은 아무래도 못허던디라우.
(…)
하 심심하면 합승자동차 정류소 집으로
그 매캐한 휘발유 냄새를 맡아 보러 갔었지.
마늘종 냄새보다 훨씬 더 찐한
그 새로운 냄새를 맡아 보러 갔었지.

—「어린 눈에 비친 줄포라는 곳」, 『안 잊히는 일들』(전집 3), 227~228쪽.

궁벽한 모퉁이 마을 끝자락에 살던 소년이 신문물 넘치는 면소재지 작은 도회로 갔으니 온통 신기한 것 천지다. 줄포. 규모는 작지만 국제적인 시장임에 틀림없다. 아름다이 흥성거리던 그 포구, 지금은 폐항이 되어 쓸쓸하다. 엿장수, 기름장수, 생강장수며, 저잣거리의 어지간한 아낙네라면 누구나 부르는 이화중선李花中仙의 육자배기 가락도 사라지고 없다.

줄포, 그 포구, 폐항에서 일군 육자배기 가락의 추억

입심의 재미와 문체의 진미가 넘쳐나는 그의 유년기 자서전을 보면 줄포에 관한 추억이 빼곡하다. 그중 하나만 소개하기로 하자. 질마재에서 줄포로 이사해 온데다가 이제 막 1학년 입학해서 여러 가지로 미숙하던 소년에게 이웃집 손위누나가 다가온다. 줄포보통학교에서 허옥선과 함께 쌍벽을 이루던 미인 소녀. 뒷집 곽참봉댁 큰애기 곽남숙이다. 그녀는 5학년이지만 열일곱 살이다. '토실토실 성글성글 고분고분'한 맵시 나는 처녀다. 어린 정주에게 이것저것 자상하게 일러준다. 연필 깎는 법, 지우개 사용하는 법, 풍축에 붓글씨 쓰는 법….

줄포의 쓸쓸한 거리

질마재 서당에서 한문을 제법 배웠다고는 하나 글씨 쓰는 일은 아직도 서투른 아이의 손이다. 남숙은 이웃집 동생뻘 되는 어린 정주에게 풍축 밖으로 자획이 나가지 않도록 주의를 준다. 어린 정주는 화선지 위 붓 가는 길의 두께도 일정치 않아 사랑의 핀잔도 받는다. 이러구러 열 살짜리 소년에게는 손위 여친이 생겼는데 몰라, 그녀는 정주를 귀여운 동생으로만 생각하지 않았는지. 헌데 서정주의 묘사를 보면 그런 것 같지도 않다. 어린 소년에겐 남숙이가 근사한 비너스요 베아트리체였던 모양이다. 묘한 매력이 풍겨난다.

> "가자."
>
> 이윽고 오래잖아 그는 좀 초조한 듯 말했다. 그러고 바로 이어
>
> "가자."
>
> 그는 두 번 거푸 말했다. 그러고는 내가 일어서기가 무섭게 앞서서 들어오던 중문을 빠져나가 대문 밖을 나섰다. 나는 그가 어디를 가려는 것인지는 몰랐으나 그의 끄는 힘에 이끌리어 그 옆을 떠나지 못하고 그의 가는 뒤를 무작정 따라갈밖에 없었다.
>
> 꾀꼬릿빛 햇살이 여기에도 날아와 들앉은 우리 집 뒤안 담장을 동북쪽으로 끼고 가다가, 누구네 쪼끄만 집 대문도 사립도 없는 마당을 지나서, 동으로 깁더오르는 황토 언덕길을 사뿐히 넘어, 그는 나보단 먼저 그 언덕 위에 가, 서으로부터 비

춰 오는 그 한정 없는 꾀꼬릿빛의 봄 저녁 햇살을 온몸에 받고 섰다.

"어서 올라와."

그는 비로소 초조가 풀리는 듯 나직이 빙그레 웃으며 소리쳤다. 그 언덕 위에는 꾀꼬릿빛의 햇볕 속에서 날아들 모인 굉장한 꽃밭이나 뭐 그런 것이 있을 것 같은 예감에 나도 입을 벌려 어린 까투리웃음을 터뜨리며 줄달음질쳐 언덕 위에 깁더올랐다.

"근네나 한번 뛰러 가자."

그는 이렇게 그 산드랍고도 또 후끈한 숨을 내 뺨에 뿜으며 소곤거렸다.

"저기 근네가 보이지? 학교 근네 말이여. 시방은 아무도 타는 사람이 없으니 좋아."

그가 말하며 손가락질하는 쪽을 보니, 거기는 바로 내가 가서 입학시험을 보던 학교로, 운동장 한 귀퉁이의 그넷줄은 아닌 게 아니라 아이 하나도 없이 하늘에서 우리 둘을 위해 드리운 동아줄인 양 기다리는 듯이 걸려 있었다.

나는 처음 올라서 디딘 언덕 위에서 그네까지의 삼백 미터는 되는 거리를 얼마쯤을 걸려서 갔는지를 기억할 수가 없다. 이번에는 내가 앞장을 서서 새로 돋아나는 풀 엄들 위를 날아가듯 했기 때문이다. 먼저 닿아서, 한쪽 손으로 그넷줄을 붙들어 잡고

"어서 와!"

하고 이번에는 내가 소리를 쳤다.

"어서 와!"

"어서 와! 어서 와!"

연거퍼서 소리를 쳤다.

—「줄포」,『유년기 자서전』(전집 6), 157~158쪽.

앳된 소년 소녀의 마음이 느껴진다. 설익어 시큼한 맛 감도는 풋살구 같기도 하고 단물 맛 겨우 나는 진달래꽃 꽃술 같기도 하다. 문장 행간마다 아름다움에 대한 몰입과 로망스에 대한 설렘이 잔잔히 일렁인다. '꾀꼬릿빛의 봄 저녁 햇살'이라니. 소리와 모양과 색깔과 촉감이 결합한 통합감각이다. 공감각은 학교 교육에서 가끔 배우기도 한다. 하지만 오감이 모두 어우러지는 통합감각은 생소하다. 그래서 신선하고 새롭다. 표현의 발명이다. '산드랍고도 후끈한 숨을 내 뺨에 뿜으며 소곤거리던' 순간이 이 문장을 읽는 이에게는 왜 없겠는가. '후끈한 숨'은 누구나 겪을 수 있는 보편 경험이다. 대화와 설명과 묘사의 배치는 또 어떤가. 가자, 어서 올라와, 근네나 한번 뛰러 가자, 어서 와!… 둘만의 은밀한 만남을 이렇게 박진감 있고 아름다이 표현하는 솜씨는 재능만으로도 훈련만으로도 되지 않는다. '미련할 정도로 우직하게 노력하는 천재'라야만 가능하지 않을까. 천재의 기질과 우직한 노력을 다시 한 번 생각한다. 줄포초등학교 운동장 한 쪽에 그네가 덩그러니 걸려 있다. 그 옛날 남숙이가 타던 그네는 아닐 테지만.

서정주 일가가 이사와서 지낸 줄포 동복영감집터[인촌 김성수 부친]. 공식 명칭은 김상만 가옥이다.

우리 뒷집 곽 참봉 따님 남숙이는 열일곱 살인데
토실토실 성글성글 고분고분하여서
열 살짜리 내게는 세상에서 젤 좋았지.
연필로 패랭이꽃 본을 그려 떠 놓곤
그 속에 색칠하는 걸 나보고 하라면
몇 꽃잎은 언제나 선 밖까정 튀어나와
그것 한 가지는 미안했지만,
걸대에 맨 그네에 남숙이가 걸터앉아
나보고 뒤에서 밀어 달라 할 때는
너무 좋아 쟁끼웃음 터트리고 있었지.
그래서 그 뒤에는 그네는 물론
무엇을 여자하고 같이 할 때에거나
타는 것보다는 미는 편이 되었지.

—「만 십 세」, 『안 잊히는 일들』(전집 3), 221쪽.

곰소

포구는 줄포의 서쪽으로 옮겼다. 곰소항이다. 곰소는 예전의 줄포가 그랬던 것처럼 사람과 물산들로 흥성거린다. 젓갈이 특화된 상품이다. 명란, 청란, 오징어, 꼴뚜기, 낙지젓, 뱅어젓, 밴댕이젓, 아가미젓, 갈치속젓, 어리굴젓…. 세상의 젓갈이란 젓갈은 다 모여 있다. 예로부터 품질 좋은 천일염 산지여서 염장 전통이 발달한데다가 서해 낙조와 맵찬 바람골이 각종 어패류를 명품 숙성장소로 만든다. 지금은 군청에서 이 지역을 특별 후원해 지역 경제의 활성화를 유도하고 있다. 이참에 시인의 남도 음식 자랑을 한 자락 들어보자.

> 우리나라가 아니면 없는 그 간절하게도 매운 김치를 가져다가 더운 밥과 함께 큼직큼직 집어 먹는 것도 물론 좋지만, 그보다 한결 더 효과적인 걸로 나는 전라도 변산 곰소의 알큰한 뱅어젓 한 접시를 더운 쌀밥과 함께 권하려 한다. 이것이라면 제아무리 땀도 잘 못 흘리는 졸장부라도 능히 그 좋은 땀을 어느 만큼씩 흘려 이 나라 사람임의 알큰한 느낌을 추운 겨울이 나라 공기 속에 보탤 수가 있을 것이다.
>
> 이 '뱅어'라고 불리는 바닷고기는 가느다란 지렁이 정도 크기의 빛이 흰 것이니 한자로 백어白魚라 하던 것이 '백'이 '뱅'의 음변을 빌려 와전음이 된 것으로 안다. (…) 전라북도의 변산 곰소젓을 상품으로 치던 것이지만, 지금은 여기도 공장에서 나오는 오염물 때문에 폐장되어 있고, 아마 충남 광천에서 나는 것은 아직도 건재한 모양이다.

곰소 일대의 바다

겨울 뱅어젓 역시 짜서는 안 되며 아주 알큰히 매워야만 제맛이 난다. 여기엔 고춧가루도 가장 매운 전라도 것을 쓰는 게 좋다. 마늘을 적당히 이겨 섞는 정도의 양념으로 족하다. 참깨니 뭐니 양념을 너무 많이 섞으면 순수하게 알큰해야 하는 뱅어젓의 제맛을 잃기가 쉽다.

잘 익어 제맛이 든 이것을 되도록이면 김포 쌀의 기름기 번질번질하게 차진 더운 밥숟가락 위에 척 걸쳐서 먹으며 알큰하여 좋은 땀이 이마에 송알송알 돋아나거든 시인 이상화의 '좋은 땀조차 흘리고 싶다'는 시구절쯤 생각해 보는 것은 첫째 싱겁지 않은 사람다운 맛이 될 것이다.

—「남도 음식 몇 가지」, 『떠돌이의 글』(전집 8), 323~324쪽.

곰소는 이름이 예쁘다. 지명에 대한 유래는 여러 설이 있으나 '신성한 물이 있는 곳'이라는 뜻이 좋다. '곰·검·감·김·금' 등의 글자는 '신성하다'는 뜻의 옛말이다. 처음엔 지모신地母神이나 토지신을 나타냈는데 나중에는 '신神'으로 일반화된다. 공연히 한자[熊, 甘, 金]를 붙여 토박이말의 족보를 무시한 채 엉터리 지명 풀이를 하곤 한다. '소沼'는 물이 풍부하게 고여 있는 웅덩이를 뜻하는 한자어니까 곰소는 토속 땅이름과 한자 기호가 융합한 경우다. 곰나루라고 풀이하는 '웅진熊津'이라는 지명도 의미상으로는 곰소다. 물을 신성하게 여기는 세계관이 반영된 것이다.

'가믈다[玄]'는 현묘하고 아득하여 색을 알 수 없을 정도로

곰소 젓갈 단지

곰소항

깊고 검다는 뜻이다. 『천자문』 도입부에 나오는 '하늘 천天 따 지地 가믈 현玄 누르 황黃'에 용례가 있다. 그래서 곰소를 '거무소' 즉 '검은 물웅덩이'로 풀어볼 수도 있다. 어찌되었건 곰소는 '인간의 지식으로는 잘 헤아려지지 않는 신성하고 비밀스러운 생명의 터전'이라는 속뜻을 가진다.

지형이 곰처럼 생겼다는 주장은 단군의 어머니 웅녀를 곰이 변해서 된 사람으로 풀이하는 방식만큼 천진하다. '곰'은 토착신의 뜻이다. 고대 그리스 사람들이 델포이신전을 세계의 중심이라 생각해서 '옴파로스(세계의 배꼽)'라는 빗돌을 세운 것처럼, 고대 한국인들은 토착신(땅의 신)의 관념을 공유하고 전승하기 위해 '곰'이라는 발성을 언중言衆의 뇌에서 뇌로 실어 날랐다. 그러는 가운데 다양한 변종이 생긴다. 곰, 고마, 감, 가미, 검, 거무 등이 사례다. 우리 땅이름에는 물론 일본어에도 흔적이 많다. 그러므로 '곰'은 세세년년歲歲年年 이 땅의 주인으로 살아온 '장소의 주체성'이다. 풍요로운 삶과 신성한 이념이 결합한 곰소는 곧 '풍요의 물판'이요 '우리가 신과 함께 삶의 주체가 되는 바다'다.

사람들은 이 바다를 '곰소만'이라고 부른다. 예로부터 이 바다를 비롯한 칠산 바다는 민어, 조기, 새우, 노랑 가오리 등의 어종이 풍부하여 서해 어민들에겐 황금 어장이었다. 옛 줄포의 영광이 지금은 곰소에 흘러넘친다. 서정주가 「남도 음식 몇 가지」라는 산문을 쓸 당시에는 곰소에 공장 폐수가 많이 흘러 젓갈시장이 폐장이 되었던 모양이다. 지금은 다시 전국에서 손꼽는 젓갈산지로 되살아났다.

질마재 고개 마루나 미당시문학관의 전망대에서 멀리 변산 반도를 바라보면 서쪽 모퉁이 격포에서부터 오른쪽으로 절반쯤 오면 곰소, 나머지 절반쯤 오면 줄포가 있는 셈이다. 달 없는 밤에 바라보면 근사하다. 격포에서 줄포까지, 불빛이 듬성듬성 반짝이는 모습이 마치 바람에 씻긴 별들이 지상에 내려와 오순도순 소곤거리는 듯하다. 눈 구경으로는 호사스럽다.

좌치 나루

1970년대 좌치 나루와 미당

발걸음 가볍게 걸어 내려오면 질마재 고개가 뻗어내려 바다로 말려들어가는 즈음에 좌치 나루(조화치 나루)가 있다. 풍수상으로 꿩이 앉은 형국[坐雉]이라 그렇게 불린다 한다. 서해의 용 아홉 마리가 조선의 명당을 찾아 변산 바다 건너 선운산 골짜기로 들어왔다는 구룡도래九龍渡來의 전설이 서린 곳. 시골말로는 '고욤다래'다. 고욤다래의 어원을 찾을 길 없어 막막해 하는 중에 서정주 시인의 동생 서정태 시인이 슬쩍 들려준 이야기다. 좌치 나루는 민물과 바닷물이 교차하는 장소다. 밀물이 들면 바닷물이 강줄기를 따라 십킬로미터 이상 거슬러 올라가기도 한다. 예전엔 다리가 없어 뱃사공이 사람 실어 건네주기도 했다. 서정주 시인이 쓴 소설 『석사 장이소의 산책』1977의 주요 배경이다.

소설 『석사 장이소의 산책』의 현장, 좌치 나루

주인공 '장이소'는 서울에서 내려가 좌치 나루터의 보조사공 일자리를 얻는다. 그의 고향이 여기서 팔십 리 떨어진 함평으로 설정되어 있다. 장이소는 서술자이자 주인공이지만 실제 작가인 서정주의 분신이기도 하다. 주인공의 고향을 질마재로 하면 고백소설이 되고 만다. 오해가 생기기 쉽다. 작가는 주인공 고향을 슬쩍 바꿔버린 뒤 시치미를 떼고 능청을 부린다. 금세 쓰러져 가려는 뱃사공 집에 나그네가 들어선다.

"이곳 주인장 되십니까?"

이곳 고욤다래 나루터의 주인 사공을 찾아 만나서 내가 물으니 어디 하늘의 북쪽쯤의 한편이 으스스한 날 남몰래 흐렁흐렁 울다가 치켜든 눈구멍 같은 두 눈깔로 내 두 눈을 물끄러미 더듬어 보며, 서먹서먹 어물거리며

"그런디라우. 댁은 뉘시오?"

(…)

"저요. 저 이소라고 불른다능만이라우. 왜 저 산 밑 밭에서 쟁기질하는 사람들이 소를 몰 때, '이랴 이 소!' 하는 바로 그거라능마니라우."

대답해 주었더니 말은 없지만 그래도 피식 반갑다고 그 눈곱만큼 웃어 보여 준 것도 다 내 수염 덕이다.

그러고 또 한 가지는 때다. 국민학교 때 우리 선생님들은 늘 때를 잘 닦아 내라고 성화였지만, 그건 우리나라에선 도시에서나 맨숭맨숭 취직하기에 맞는 교육이지, 농촌이나 구석의 바닷가에 오면 코에도 닿지 않는 말씀이다. 첫째, 때가 자알 한번 끼어야지. 암 그렇고말고.

내가 서운대학교 문리과 대학 중국 문학과 고전 문학 강사 노릇을 그만 야싹해서 못 견디다가 드러누워 버린 뒤에 한 달 동안이나 날마다 그리워하던 고향. 그 고향을 생각하다가 거기서 80리쯤 떨어진 곳에 있는 이 고욤다래 나루터를 생각해 들추어내고, 여기 와서 덩그라니 보조 사공이 하나 된 것은 수

염도 수염이지만 역시 잘 생각해 보면 맨숭맨숭하던 저 이발이나 목간통의 목욕이나 그런 게 아니라, 그 뒤 작정하고 묻혀 온 그 때다. 때의 덕이다.

"한 개 하실라는 게라우?"

내가 백조 담뱃갑을 내 낡은 회색 광목의 작업복 바지 포켓에서 꺼내 들고 먼저 권하니

"나는 희연이지만 한 개 주게. 그런디 자네는 뭣 하러 어디로 댕기는 사람이여?"

—『석사 장이소의 산책』(전집 18), 18~20쪽.

백조와 희연. 이름 한 번 그럴듯하다. 담배는 맛이고 냄새고 색깔이다. 기분 좋아지는 연기가 희연喜煙. 우아한 자태로 피우자는 뜻의 백조白鳥. 헌데 담배 피우는 이들은 구질구질하다. 주인공 장이소만 해도 긴 수염에 때가 잔뜩 낀 몰골이다. 서울에서 대학 강의를 하다 내려간 지식인 모습치곤 어울리지 않는다. 꾀죄죄한 모습이 처음 만나는 두 사람을 단박에 친하게 만든다. 여기 사람들은 동백기름 발라 머리 참하게 빗고 고운 손에 손톱반달 다듬을 여유가 없다. 교양도 보건 위생도 엉망인 궁상의 전형이다. 질마재 현지인과 외지인이 처음 맞닥뜨리는 곳. 여기가 좌치 나루터다.

이 나루터는 고개 넘어 흥덕으로 가는 길 말고는 질마재 마을에서 외지로 나가는 유일한 통로다. 바닷물과 민물이 교차하여 하루에 두 번씩 물이 불었다 빠지기를 반복한다. 뱃사공

이 있다. 불어난 강물에 사람 건네주는 게 사공의 일인데 간혹 포복절도할 일이 생기곤 한다. 물이 많이 빠지면 그냥 걸어 건너야 하는데 이 월천越川 행사에 아녀자들은 속수무책이다. 사공이 업어 건네는 수밖에. 신랑 먼저 업어 건네 놓고 이제 색시를 업고 건너는데 공연히 물속에서 마치 발을 잘못 디딘 듯 오르락내리락 한다. 강 건너 신랑은 발만 동동거릴 뿐 어쩔 수 없다.

그 신부가 내 등에 업히더니 그건 신랑하고는 취지가 달라. 신랑 녀석은 무에 그리 내 등이 못마땅해서 그랬는지 금세라도 튕기쳐 날 화살처럼 그런 꼴로 있더니, 신부는 아니야, 내 업은 등살에 살짝 달라붙어서 내게 그 20년 전쯤의 어느 6월이던가, 살아서 내 가슴의 살에 제 살 대고 있던 내 누이 같았다.

"물, 참, 좋구만이라우…."

이것은 그네가 그의 남편이 이 나루터의 저편에 그네보단 한 걸음 먼저 건네가서 그네를 눈이 빠지게 기다리고만 있을 때 그네가 새로 느끼어 내게 들려준 말이다.

"…조, 좋구말구…."

나는 어느샌지 경어 다 빼먹고 그네의 무얼까, 오래빈가 애인인가 더 나은 것인가 그런 것이 돼 가고 있었다.

"좋다!"

고 나도 말로 6월이 해방된 신바람 속에서 말해 봤다. 그러고는 그 신바람이 아무래도 그냥 그대로는 아니어서 나는 내 등에 업은 여자가 남의 신부라는 것도 잠시 잊어버리고 그네를 업고 물속을 오르내리고 있었던 듯하다. 그야 그거야, 일반의 아버지나 어머니가 그 막내 아들딸이나 손자 손녀를 등에 업고 희희낙락하는 그런 종류의 그런 시간보단이야 또 다른 것이겠지. 오르락내리락 나는 고의로 신랑이 있는 언덕에 그의 신부를 업어다가 놓는 것을 연기해서 그 사이의 고욤다래 강 속의 허리춤의 물에 그네를 업고 그냥 오르락내리락 맴돌고만 있었다.

"…이놈! 이놈아. 빨리 오너라. 빨리 와!"

하는 소리가 언덕에서 들려는 왔지만, 나는 웬일인지 이 물속의 걸음마저 그 명령자의 마음대로 할 수는 없었다.

"어서 와! 어서 와! 어서 업고 와! 이놈아, 이 죽일 놈아, 찢어 놀 놈아!"

—『석사 장이소의 산책』(전집 18), 25~26쪽.

시골 마을 신랑 표정이 눈에 환하다. 사랑하는 아내를 사공 등에 빼앗긴 사내가 발을 동동 구르는 장면을 해학적으로 묘사한다. 볼썽사나운 몰염치를 말하려는 게 아니다. 인간의 복잡한 감정을 보여주려는 거다. 남의 남자 등에 업혀서 '물 참 좋구만이라우'라고 이야기하는 신부. 그 신부에게 몸 장난치며 '참 좋은 물속에서' 신랑처럼 노는 외간남자. 그걸 바라보며 분을 삭이지 못하는 신랑. 세 사람의 제각각 마음속이 유머러스하다. 신부마저 업어 건네준 보조사공은 어찌 될 것인가. 주먹질을 할 건지, 입씨름만 할 건지, 누군가 꼬리를 내리고 내뺄 건지…. 인생이 별 건가. 사사롭고 소소한 사건이 인생이다. 밀려왔다 밀려갔다 하는 물 때문에 벌어지는 일이다.

강을 건너와서는 굴 껍질 같이 딱딱한 걸 잘못 밟아서 물속에서 자꾸 엎어질 뻔했다며 발을 들어 보이는데 씩씩거리던 신랑도 더는 할 말이 없다. 누가 먼저 업어서라도 건네 달라 했는가. 아쉬운 쪽이 요청하는 법이고 요청을 해서 업혀가고 있으면 군말할 처지가 아니다.

질마재, 생생한 자연이 사람을 생생하게 만드는 곳

질마재 마을은 산과 고개와 민물과 바닷물이 사람들과 함께 살아가는 곳이다. 외지고 쓸쓸한 가운데 매일매일 자연의 변화를 체감하며 살아야 한다. 생생한 자연이 사람을 생생하게 만든다. 가난하고 무지해도 삶의 현장은 생생하다. 한 사람 한 사람의 말과 행동이 생명 그대로다. 생생한 자연을 닮았다.

질마재 사람들은 깊숙하게 생각하고 느긋하게 말한다. 여기는 좌치 나루. 바다에 나가 고기 배 속에 장사지내는 사람과 그 형제들에 관한 이야기를 '사람이 깊이 생각한다는 것은 무엇인가?'라는 의문으로 풀어나가는 재미나는 이야기 시의 무대이기도 하다.

백순문白舜文의 사형제는 뱃사람이었는데, 을축년 봄 풍랑에 맏형 순문이 목숨을 빼앗긴 뒤 남은 삼형제는 심사숙고에 잠겼습니다.

심사숙고는 그러나, 그걸 오래오래 하고 지내 보자면 꼭 그것만으로는 견디기 어려운 것이어서, 큰 아우 백관옥白冠玉이는 술로 그 장단을 맞추었던 것인데, 이 사람은 술도 가짜 술은 영 못 마시는 성미라, 해마다 밀주를 담아서는 숨겨 두고 찔큼찔큼 마시고 앉았다가 순경한테 들키면 그때마다 벌금만큼 징역살이를 되풀이 되풀이해 살고 나와야 했습니다. 둘째 아우 백사옥白土玉이도 그 긴 심사숙고의 사이, 마지못해 사용한 게 술은 술이었지만, 그래도 백사옥이 술은 진가眞假를 까다롭게 가리지도 않는 것이어서 아무것이나 생기는 대로 처마셨기 때문에 벌금조로 또박또박 징역 살러 갈 염려까지는 없었지마는, 그놈의 악주독惡酒毒으로 가끔 거드렁거리고, 웃통을 벗고 덤비고, 네 갈림길 넙적바위 같은 데 넙죽넙죽 나자빠져 버리고 하는 것이 흉이었습니다.

이 두 형에 비기면, 막내 아우 백준옥白俊玉이가 그의 심사숙고 사이에 빚어 두고 지내던 건 좀 별난 것이어서 우리를 꽤나 잘 웃깁니다. 백준옥이는 그가 난 딸나미가 볼우물도 좋고 오목오목하게 생겼대서 '오목녀'라고 이름을 붙이고, 또 석류나무를 부엌 옆에도 하나, 문간에도 하나 두 그루나 심어 꽃 피워 가지고 지내면서, 언제, 어떻게 남의 눈에 안 띄이게 연습시킨 것인지, 한동안이 지내자, 이 집 웃음과 아양을 왼 마을에서도 제일 귀여운 것으로 만들어 "아양이라면이사, 암, 백준옥이네 아양이 이 하늘 밑에서는 제일이지 제일이여"가 되고 만 것입니다.

그렇기사 그렇기는 했지만서두, 이런 그들의 심사숙고는 그들의 일생 동안 끝나는 날도 없이 끝없이 끝없이만 이어 가다가, 또다시 그들의 아들딸들 마음속으로 이어 넘어갈밖에 없었습니다.

그러다가 어느 해 어느 날, 그 석류꽃 아양 집—그 백준옥이네 집 아들 하나가 그 두 대代의 심사숙고의 끝을 맺기는 겨우 맺었습니다. 그 집 식구들 가운데서도 유체 얼굴의 눈웃음의 아양이 좋은 아들 백풍식白風植이가 바닷물에 배를 또 부리기 시작하기는 시작했습니다만, 멀고 깊은 바다 풍랑에 죽을 염려가 있는 어선이 아니라, 난들목 얕은 물인 조화치造化峙 나루터의 나룻배 사공을 새로 시작한 것입니다.

—「심사숙고」, 『질마재 신화』(전집 2), 66~67쪽.

시가 맛이 나려면 이야기 구조와 감칠맛 나게 말하는 방법이 중요하다. 이야기를 듣고 보니 백씨네 장남이 바다에 나가 죽고 난 뒤의 가업을 잇는 문제니만큼 가족들 모두 심사숙고해야 한다는 게 요지다. 남은 사람들은 어찌 살아야 하는가.

이야기가 재미있으려면 독자의 예상이 어그러져야 좋다. 심사숙고를 해도 시원치 않을 판에 끈기 없고 집념도 없는 동생들을 보라. 둘째와 셋째는 술에 먹히는 삶을 산다. 무너지는 꼴이 풍자 굿판이다. 바다에 먹히거나 술에 먹히거나 이 집 사람들은 하나같이 물 때문에 불행하다. 막내아우인 넷째는 그나마 낫다. 눈웃음 아양 잘 떠는 넷째의 딸 이야기로 웃음꽃 피우는 이야기를 하더니 까맣게 잊어버리고 있던 가업 계승 이야기를 느닷없이 꺼낸다. 넷째의 아들이 비로소 가업을 이어가는데 배를 타기는 타지만 언제든 바다에 빠져 죽을 수도 있는 어부가 아니라 얕은 여울목 건네주는 뱃사공이 되었다는 이야기다.

웃기면서도 슬픈 유머다. 큰아버지의 직업을 반쯤이나 이어받은 조카 이름 백풍식. 아버지 대代의 항렬과는 달리 이름에 바람 풍자가 들어 있어 그가 뱃사공 노릇하는 강물인 풍천에 썩 잘 어울린다.

이 나루터 이야기라면 '안 잊히는 사람' 이야기를 하나 더 하는 게 좋겠다. 아름다운 여자다. 미국인이고 선교사며 전주기전여고 교장이기도 하다. 나중에 알고 보니 등단한 시인이기도 하다. 메리센트 허니커트. 한국 이름은 한미성이다.

허니커트는 교육자요 종교인으로 한국에 파견 나왔지만 시를 좋아하다 보니 미당의 시를 영어로 번역하게 된다. 이를 계기로 두 사람은 자연스레 만난다. 미당 기억으로는 1960년 으스스한 늦가을이라 했다. 두 사람은 그날 창경궁에 갔고 거기서 많은 이야기를 나눈다. 그녀는 십년 전쯤에 전주 기전여고에 왔다가 2년 전에 대전 배재대학으로 자리를 옮겨 영문학 강의를 하던 차였다. 한국어가 유창하다. 그날 이후 두 사람은 서로를 초대하면서 우정을 쌓아나간다. 허니커트는 법주사며 갑사로 미당을 초대하고, 미당은 산정호수와 소양강 등지로 허니커트를 초대한다. 법주사, 갑사, 산정호수, 소양강 …. 이런 데가 1960년대 '한국의 가볼만 한 곳'이다.

허니커트는 1964년에 미국으로 돌아갔다가 1975년 1월 3일에 한국으로 잠시 나온다. 서정주가 김포로 마중 나간다. 오래 전부터 서정주의 고향을 방문하기로 약속한 터다. 엿새 뒤인 1월 9일, 그녀가 팔년간이나 근무하던 기전여고 교장실에서 두 사람은 다시 만난다. 전주에 사는 시인의 동생 서정옥이 차를 내주어 그 길로 질마재를 향한다. 처음엔 선운사 구경도 시키고 그 입구에 세워진 시비詩碑도 보여주고 싶었는데 삼거리에서 그만 마음이 바뀐다. 좌치 나루 쪽으로 간 것이다. 질마재 고향마을로 바로 갈 순 없어도 먼발치서나마 보고 싶었던 것이다. 「문치헌일기초」를 펼치면 1975년 무렵의 좌치 풍경을 볼 수 있다. 질마재 마을이 얼마나 외지고 가기 힘든 곳인지 생생하게 서술된다.

그러나 나는 선운사로 접어드는 갈림길에 다다르자, 차의 방면을 선운 쪽이 아닌 딴 데로 이끌고 말았다. 딴 데로라야 별 딴 곳도 아니긴 아니다. 여기서 서으로 바닷물과 육수가 합쳐 들고 나는 장수강변 10여 리를 내려가면 조화치라는 나룻목이 있고, 이 나룻목에서 동으로 보면 내가 생겨난 마을—질마재 선운리의 10분의 1만큼의 아랫도리가 그래도 바라보여, 그걸 내 참 오랜만의 친구에게 먼발치롤망정 먼저 보여 주고자 함이었다.

여기는 내가 보기에는 이 나라의 호젓하고 후줄근한 경치들 속에서도 드물게 좋은 외따로이 있는 아늑하디 아늑한 곳이다. 서으로 둘러 있는 변산반도의 마지막 콧등을 돌아 안으로 몰려드는 바닷물이 내해의 호수를 이루고 있고, 그 바다호수의 동남쪽에 깔려 있는 내 생리—질마재 선운리와 그 뒤의 소요산 연봉은 여기서 보면 그래도 40프로쯤의 미적 효과는 나타내고 있다. 그래 그걸 바라, 나는 나룻배를 태워 내 생리로 그네를 유치할 시간이 없는 대로, 이 조화치 나룻목의 조망 속으로만이라도 그 아름다움을 짐작해 달라고 이끌고 온 것이다.

조화치의 서남 언덕에 서 보면 또 황해의 넓은 바다 모습도 비교적 잘 조망되는 곳이다. 조화치 나루터의 사공은 이 나루를 건너가서 한 2킬로의 진펄을 걸으면 들어가는 질마재 선운리 사람으로, 나보담은 대여섯 살 아래—백이라는 성을 가진 백 서방은 나를 아주 잘 알고 형님쯤으로

섬기고 있는 터라 나를 만나는 게 무척 반가워선지 내 손을 덥쑥 붙들어 잡으면서도, 내가 소개하는 미국 여자 친구는 신기하면서도 와락 친분감이 내키지는 않는 모양이다.

"내 미국 친구 허니커트 박사님이시네. 미국 대학의 문학과장 교수님이시지…." 어쩌고 소개해 주어도 "어허, 그래요" 할 뿐 별 마음 쓸 눈치도 물론 보이지 않는다. '어허허이, 서정주, 별 바람 다 났구만, 양코배기 여자를 다 데불고 다니고….' 하는 눈치다.

이 사람은 내가 최근 『시문학』지에 쓰고 있는 '질마재 신화'의 등장인물의 하나로서, 4월 호에 실린 「심사숙고」의 선원 백씨 가족 중 2대 만의 맨 끝 선택으로 배 타다가 난파 뒤 석류꽃만 보고 지내다가 다시 겨우 나룻배를 타기 시작한 바로 그 사람이니, 더구나 재미있는 일이다.

"저기 보이는 것은 내 마을 선운리의 맨 아랫도리뿐 한 5분의 4는 산이 잘 보이지 않고, 또 내가 어렸을 때 늘 멱 감던 산에서 흘러내리는 맑은 개울물도 여기서는 보이지 않소. 마을로 가자면 이 나루를 건너 구두도 벗고 진펄을 2킬로나 걸어가야 하는데 그것도 할 수 없고…."

내가 허니커트에게 말하니 그네는 잘 알겠다고 하고, 참 묘하게 생긴 곳이라고 해 주었다.

—「문치헌일기초」, 『안 잊히는 사람들』(전집 9), 42~43쪽.

지금은 전국 어디라 없이 구석구석 길들이 잘 나 있지만 1970년대까지만 해도 질마재 마을은 교통편이 좋지 않았다. 강을 건너 구두를 벗고 진펄을 2킬로미터나 걸어 들어가야 하는 곳. 미국 여류 시인 표현대로 '참 묘하게 생긴 곳'이다.

허니커트는 미당에게는 성처녀聖處女였다. 그녀는 미국에서 머나먼 한국 땅까지 선교를 나온 선교사였으며 시인이자 교장이었다. 미당보다 열서너 살 아래다. 시인에게 왜 연심이 없었을까. 견딜 수 없는 핏빛보다 살짝 묽어진 연분홍 마음으로 교유했다. 1977년 세계 여행을 떠나 미국에서 잠시 만났을 때 그녀는 대학 학장으로서 미당을 환대했다. 그때 나이 마흔 아홉. 얼마 지나지 않아 교수도 학장도 작파하고 다시 선교사가 되어 세인트루이스와 시카고 등지를 돌아다녔다. 그러다가 쉰아홉에 교회로 찾아온 남자와 결혼했다. '기다리던 그 사람이 이제야 왔다'고 말했다. 미당은 그녀의 정신력이 끈질기고 훤출하다고 했다. 젊어서 한국의 시골 바닷가 진펄 건너 질마재 마을 입구에 서서 '참 묘하게 생긴 곳이군요' 하던 파란 눈의 여인. 지금 살아 있으면 구순을 넘긴 나이다.

풍천

고욤다래에서 물길을 거슬러 올라가면 선운산 골짜기로 굽이굽이 파고든다. 풍천風川이다. 풍천은 고유명사라기보다 민물과 바닷물이 섞이는 곳을 통칭하는 말이다. 옛날엔 여기서 자연산 장어를 많이 잡았다. 풍천장어의 원산지다.

바람이 강물을 밀어 올린다는 말뜻처럼 이 동네엔 바람이 많다. 서정주 시인의 「자화상」에 등장하는 '스물세 해 동안 나를 키운 건 팔할이 바람이다'를 실감하려면 여기 와서 '공기의 드라마'를 체험해야 한다. 산과 바다가 바짝 가까이 있어서 낮과 밤에 수시로 바람의 방향이 바뀐다. 육풍 해풍 번갈아 오가며 바람의 골목을 만든다.

시인 유치환은 깃발을 '소리 없는 아우성'이라 했다. 깃발이 쉬지 않고 펄럭인다는 점을 직관한 것이다. 쉬지 않고 살아 움직이는 게 바람의 이미지다. '나를 키운 건 팔할이 바람'이라는 말은 바람 많이 부는 이 동네의 자연환경에 관한 보고이기도 하지만 '쉬지 않고 분투하며 살아가려는 의지'로 읽으면 한 맛 더 난다.

여기 풍천의 행정 명칭은 인천강이다. 주진천이라고도 한다. 시인은 장수강이라고 부른다. 장수강에서 옛사람들은 소금을 구웠고 망둥어 낚시를 즐겼다. 궁벽하고 외진 곳. 마음 서럽도록 가난하고 몸 고달프게 궁색하다.

선왕산 그늘 수대동 14번지
장수강 뻘밭에 소금 구어 먹든

094
쓸쓸한 충만의 바다

095
풍천

증조할아버지 적 흙으로 지은 집
오매는 남보단 조개를 잘 줍고
아버지는 등짐 설흔 말 졌느니

—「수대동 시」, 『화사집』(전집 1), 43쪽.

야몽야몽 사과 베어 먹는 할아버지

소금 장사는 유통업이다. 많이 돌아다녀야 한다. 염전에서 소금을 구해 지게에 지고 날라다가 흥덕장에 가져다 팔면 생필품을 제법 살 수 있다. 생가 옆집 친구 황동이. 그 아버지가 소금 지게장수다. 이 사내가 제법 효자인데 그 효성이란 게

사과 한 알 얻어다가 자기 아버지에게 드리는 것이다. 사과나무 한 그루 없는 질마재 마을에선 이 사과도 '꿈속의 어쩌다가의 떡'처럼 귀하다. 할아버지 혼자 드실 수밖에. 껍질을 얇게 깎아서 속살을 야몽야몽 드신다. 사과 베어 먹는 모습, 어감이 좋다. '야몽야몽'은 '야금야금'의 사투리다. 표준어보다 정감이 있다.

소금 장수 아들 덕에 사과 먹는 아버지 이야기만 다룬다면 무슨 재미가 있을까. 할아버지의 손자와 손자 친구들이 등장해야 한결 재미있어진다. 이 아동들은 엑스트라지만 이야기의 재미를 위해 특별한 역할을 한다. 넋 놓고 바라보며 침 흘리기. 할아버지가 사과를 자시는 동안 구경하는 아이들은 침이 꼴깍꼴깍 넘어간다.

유머러스한 사건은 이어진다. 손자 황동이에게만 사과가 주어지는 설정. 그것도 껍질만이다. 황동이 친구인 정주는 운 좋으면 손가락 두 마디쯤의 사과 껍질을 얻어먹을 수 있다. 또래의 아이들은 그저 목당그래질만 한다. 목젖이 아래위로 오르내리는 모습이 꼭 당그래질하는 것 같다는 뜻이다. 당그래는 곡식을 끌어 모으거나 아궁이나 화로에 있는 재를 긁어내는 농기구다. 목당그래질은 맛있는 음식을 앞에 놓고 먹지도 못한 채 목젖만 왔다 갔다 하는 간절하고 아쉬운 모습을 표현하는 옛날 관용어다. 재미있고 귀한 우리말이다.

하늘이 왼통 새로 물든 풋사과 한 개 맛이 되는 가을날이 사과나무라곤 한 그루도 없는 질마재 마을에는 있었습니다. 사과밭은 재 너머 시오리 밖에 멀찌감치 눈에 안 띄게 있었지마는 소금 장사 황동이 아버지가 빈 지게로 돌아드는 저녁 노을 짬이면 하늘은 통채로 사과 한 개가 되어 가지고 황동이네 지붕과 마당에 그뜩해졌습니다.

효자 황동이 아버지의 아버지영감님 손에만 쥐여지는 이 마을선 단 한 개뿐인 사과. 그 껍질 얇게얇게 벗겨서는 야몽야몽 영감님 혼자만 잡수시는 그 기막힌 속살 맛으로요. 또 겨우 영감님의 친손자 황동이만이 읃어먹게 되는 그 참 너무나 좋게는 붉은 그 사과 껍질 맛으로요. 그러고 또 그 할아버지와 그 손자가 그 속살과 그 껍질을 다 집어세도록 까지, 그 턱밑에 바짝 두 눈을 갖다 대고 어린 목당그래질만 열심히 열심히 하고 서 있는 내 또래 아이들의 목에서 나와 목으로 다시 넘어가는 그 꿈에도 차마 못 잊을 군침 맛으로요.

—「사과 하늘」,『떠돌이의 시』(전집 2), 129쪽.

가난한 마을에는 사과 먹는 것도 사건이다. 조그만 사과가 통째로 하늘이 된다는 상상력은 놀랍고 슬프다. 먹고 싶은 사과. 붉은 빛깔 사과. 저녁노을 깔린 하늘로 바뀌어 마을 지붕으로 마당으로 쏟아진다. 가난이 풍요로 다시 태어난다. 적어도 이야기 세계에서 만큼은. 아이들 모습은 우스꽝스럽고 슬프다. 어머니는 이웃집 노인네 침 묻은 사과 껍질 한 쪽 얻어먹으려고 서 있는 아들을 나무라신다.

"야! 너 그 영감 침 튀어나오는 것 더럽지도 않네? 영감 턱 밑에다가 바짝 갖다 얼굴을 디리대고…."

사과가 얼마나 먹고 싶은 과일인지 실감난다. 소금 장수 때문에 벌어지는 일이다. 그는 고개 너머 다른 세상에 가서 귀한 음식을 가져오는 신통방통한 배달부다. 가난에 대한 이야기인데 시인은 체제 모순에 대한 분노를 말하지 않고 몸에 달려드는 감각과 욕망을 이야기한다. 1970년대 농촌의 피폐상을 고발하는 동시대의 여러 문학과 다르다. 무엇이 진정한 민중문학인지 되묻게 된다. 사과 한 알의 가난이 하늘 전체의 풍요로 바뀌는 상상력의 마을. 시인은 현실의 궁핍을 문학을 통해 초월하고자 한다. 문학은, 이야기의 세계는, 삶을 이렇게 위로한다. '하늘은 통째로 사과 한 개가 되어 가지고 황동이네 지붕과 마당에 그뜩해졌습니다.'

침향沈香, 아득한 선조와 먼 후손의 마음 잇기

풍천 이야기 중에는 고창 풍천 특유의 소중한 자산도 있다. 침향沈香 이야기다. 큰 나무를 잘라서 강물에 오래 잠겨 두었다가 꺼내어 말린 다음 빠개서 향이나 약재로 쓰는 게 침향이다. 당대 사람들을 위해 제작하는 게 아니라 몇 백 년 후의 사람을 위해 만든다는 이야기가 신비를 불러일으킨다.

시인의 이야기에 따르면 풍천 갯고랑 깊숙이 나무들이 잠

겨 있다. 이백 년 삼백 년 전 사람들이 담가놓았다고 한다. 당대에 만들어서 당대에는 절대로 쓸 수 없는 제품. 먼 후손을 위해 미리 준비하는 마음이 특별하다. 침향 이야기는 '아득한 선조와 먼 후손의 마음 잇기 구조'를 가진다. 지금은 이런 풍습이 없다. 미당 당대에는 있었나 보다. 침향은 후손을 배려하는 조상의 마음이요 전통의 진정한 상징이다. 먼 후대를 위한 지혜로운 유산 상속의 브랜드. 시간 속에서, 역사 속에서 살아가는 의미를 새롭게 새길 수 있다.

> 침향을 만들려는 이들은, 산골 물이 바다를 만나러 흘러내려 가다가 바로 따악 그 바닷물과 만나는 언저리에 굵직굵직한 참나무 토막들을 잠거 넣어 둡니다. 침향은, 물론 꽤 오랜 세월이 지낸 뒤에, 이 잠근 참 나무 토막들을 다시 건져 말려서 빠개어 쓰는 겁니다만, 아무리 짧아도 이삼백 년은 수저에 가라앉아 있은 것이라야 향내가 제대로 나기 비롯한다 합니다. 천 년쯤씩 잠긴 것은 냄새가 더 좋굽시요.
>
> 그러니, 질마재 사람들이 침향을 만들려고 참나무 토막들을 하나씩 하나씩 들어내다가 육수陸水와 조류潮流가 합수合水치는 속에 집어넣고 있는 것은 자기들이나 자기들 아들딸이나 손자손녀들이 건져서 쓰려는 게 아니고, 훨씬 더 먼 미래의 누군지 눈에 보이지도 않는 후대들을 위해섭니다.
>
> 그래서 이것을 넣는 이와 꺼내 쓰는 사람 사이의 수백 수천 년은 이 침향 내음새 꼬옥 그대로 바짝 가까이 그리운 것일

뿐, 따뿐할 것도, 아득할 것도, 너절할 것도, 허전할 것도 없습니다.

—「침향」,『질마재 신화』(전집 2), 68쪽.

에스키모의 전통 중에 나이가 들어 노인이 되면 벌판에 나가 곰의 먹이가 되는 풍속이 있다. 스스로 기쁘게 선택하는 죽음이다. 자기 장례식을 자기가 하는 셈이다. '나는 죽어 곰의 먹이가 되지만 내 후손들은 그 곰을 잡아먹으며 산다. 그러면 나는 후손의 몸에서 영원히 살아간다. 지금 곰에게 먹혀 죽는 건 기쁘고 자랑스러운 일이다.'

자연환경이 만든 이타주의는 풍천 갯고랑 바닥에도 있다. 시간을 오래 견디며 나보다 후손을 더 생각한다. 넣은 사람과 꺼내 쓰는 사람 사이의 마음을 헤아려 본다. 시인은 바쁘게 살아가는 현대의 삶에서 '바짝 가까이 그리운 것'을 넌지시 일러준다.

풍천장어 먹을 생각을 잠시 접는다. 풍천침향 그리워하는 마음이 내게도 있는지 꺼내보고 싶다. 바람이 불어오고 바닷물이 밀려온다. 수백 년 전에 돌아간 이들의 숨소리가 귀에 바짝 들린다. 이쯤 되면 시를 쓸 수 있지 않을까.

당나라 시인 한유韓愈.768~824는 말한다. "음악은 속에 쌓였다가 밖으로 새어나온 것이고樂也者, 鬱乎中, 부득이한 일이 있은 연후에 말로 표현한다有不得已而後言." 온축하라는 뜻이다. 안으로 쌓고 쌓아 곱씹어서 재워두었다가 더 이상 견디기 힘들 때 울혈이 터지는 것처럼 표현하는 것이 음악이고 시라는 뜻이다. 개인의 간절함이다. 예술 표현은 스스로 간절해야 한다.

풍천침향은 한 걸음 더 나아간다. 역사의 간절함을 말한다. 먼저 간 목숨들과 정을 나누는 태도를 권한다. 생사를 넘나들고 초월하는 연습을 해야 한다. 일상의 소중함과 간절함을 느껴야 한다. 순간이 역사에 이어져 있음을, 지금이 곧 미래임을 볼 수 있어야 한다.

시인의 고향

질마재 고개를 걸어 내려와 풍천에 이르기 전, 소요산 북서쪽 자락에 질마재 마을이 자리하고 있다. '청산이 그 무릎 아래 지란을 기르듯 우리는 우리 새끼들을 기를 수밖엔 없다'(「무등을 보며」)는 시인의 목소리처럼 소요산이 낳아 기르는 새끼 같은 마을이다. 고창 방장산에서부터 흘러오는 산의 기운이 소요산에서 치솟은 다음 부드럽게 미끄러져 암팡지게 뭉친 곳. 뒤로 산을 두고 앞으로 물을 두는 전형적인 배산임수背山臨水형이다. 아늑하고 포근하다. 실제로 바람 센 날이 많긴 하지만.

1915년 6월 30일(음력 5월 18일) 새벽 6시 전후 무렵 서정주 시인이 이 마을에서 태어난다. 동생인 우하又下 서정태1923~2020 시인에 따르면 형의 생시가 묘시(새벽 5시~7시)라고 한다. 호적 기록에 출생 시는 없으니 구술 증언 자료를 기록에 남겨둔다.

선운리 578번지 생가는 원래 남도의 일반 초가였다가 1970년대쯤 함석 슬래트 지붕으로 부분 개조했고 서정주 사후 마을에 미당시문학관을 세울 때 함께 고쳤다. 옛 모습을 그대로 복원하지 않고 초가 흉내를 낸 게 아쉽다. 생가를 제대로 복원해 내기란 그만큼 어렵다. 전국이 다 비슷하다. 생가가 초가인 경우는 지붕을 정기적으로 교체해야 한다. 현실적으로 쉽지 않다. 지붕 이어주는 기술자도 줄어들고 예산집행도 만만치 않다. 복원을 하려면 원형을 찾아야 한다. 시인이 자신의 유년 시절을 자세히 기록해 놓은 자료를 찾아서 읽고 그 문장을 따라 집을 지으면 된다.

비슷한 시기인 2001년에 전봉준 생가도 복원된 바 있다. 고창읍 죽림리 당촌 마을이다. 1억 원을 들였는데 농민의 전형적인 가옥인 초가삼간이 초가오간으로 복원됐다. 농민 집을 중인 집으로 바꾼 것이다. 고증 실패 지적이 일자 최근 철거를 결정했다. 돈 들여 짓더니 다시 돈 들여 철거한다. 문화에 대한 안목이 부족해서 일어나는 전형적인 예산 낭비다. 미당 생가는 언제 어떻게 다시 복원하려나.

마을 뒤로 소요산이 대장군처럼 버티고 있고 앞에는 바다가 치마처럼 둘러쳐 있다. 마을 한복판에 학교가 있다. 봉암초등학교 선운리 분교다. 학생이 없어 폐교하게 되자 그 자리에 시인의 기념관을 조성했다. 지금의 미당시문학관이다. 미당시문학관은 우리나라의 많은 문학관 중에서도 드물게 멋진 곳이다. 생가가 있는 고향마을의 학교를 리모델링하는 개념이 좋다. 산과 바다가 지척에 있고 빈 학교 건물에 시인의 기념관이 들어서서 공간을 새롭게 탄생시킨다.

시문학관을 정면으로 바라보면 오른편에 생가가 있고 왼편 산언덕에 시인의 묘소가 있다. 고향마을에 생가와 기념관과 묘소가 함께 있는 경우는 세계적으로 드물다. 시인의 생과 사와 기념공간이 한 곳에 모여 있다. 여기가 질마재 마을이며 시집 『질매재 신화』의 현장이다.

변산반도를 감돌아든 서해 바다 한 자락을 지나 포구를 두른 질마재 마을

시인의 유년기 자서전 첫 머리에 질마재 이야기가 나온다. 자서전은 시인 나이 마흔여섯이 되는 1960년 1월 5일부터 『세계일보』에 연재하기 시작한 글이다. 제목이 「내 마음의 편력」이다. 이 연재물은 일지사에서 간행한 『서정주 문학전집』 1972에 수록되고, 백만사에서 『도깨비 난 마을 이야기』1977라는 단행본으로 재출간된다. 그러므로 유년기 자서전의 원본은 『세계일보』 연재본인데 책으로 묶이면서 원전이 많이 훼손된다. 원전을 대부분 복구시킨 은행나무 출판사의 『미당 서정주 전집』2015~2017을 참조하는 게 좋다. 도입부의 수려한 문장은 혼자 읽기 아깝다.

> 호남선 정읍역에서 고창으로 가는 신작로를 사십 리를 가면 흥덕이라는, 연못 하나가 너무 큰 채경처럼 두드러진 옛 현청 소재지가 있고, 거기서 남으로 다시 십 리를 가면 알뫼라는―닷새만큼 서는 소장 하나가 제일 큰일이라서 쇠점거리라고도 부르는 쬐그만 장터. 거기서 다시 먼 십 리의 산골을 서해쪽으로 더듬어 오르면 질마재라는 영모롱 위에 선다.
>
> 정읍에서 흥덕과 알뫼를 거쳐 고창 해안선으로 가는 자동찻길에 갈려 다시 십 리 가까운 오솔길을 걸어가야 만나게 되

는 산모롱이다. 여기는 선운사의 소요암이 있는 소요산의 중허리. 큰 준령은 아니나, 내 소년 시절만 해도 아버지께서 밤길을 오시다가 호랑이한테 모래 벼락도 맞으셨다는 데니까 귀빠지기야 드물게 귀빠진 곳.

이 치모롱에서 서으로 내려보면 거기 변산반도 안으로 감돌아든 서해 바다의 한 자락이 보이고, 그 개[浦]를 두르고 질마재 아래 드문드문 '질마재'라는 마을이 가뭄에 콩 나듯 돋아나 있는 것이 보인다. 물론 질마재라는 그 영모롱의 이름을 따서 된 이름이리라.

마을은 다섯 곳으로 갈려 있어, 소요산 상봉 바로 밑에 자리하고 있는 곳이 서당물. 서당물에서 바다 켠으로 내려오다가 대여섯 그루의 수백 년씩 된 느티나무 사는 데를 지나면 바로 거기가 웃뜸. 웃뜸에서 물개울과 모시밭 길을 타고 이백 미터쯤 더 내려가면 여울에 젖어 섰는 늙은 평나무를 중심으로 한 곳이 아래뜸. 웃뜸과 아래뜸에서 쬐그만 들과 모랫개울을 건너 북쪽에 낙락장송들이 풍월을 읊조리는 양 서 있는 한바탕의 솔 무데기를 왼편에 끼고 늘어서 있는 것이 송현. 그러고 거기서 동으로 얼마쯤의 논둑길들 새에 있는 신흥리. 그중 서당물은 이조 때 황목천이란 유교의 선비가 와서 서당을 하고 글을 읽던 곳이라 해서 그로부터 그 이름이 생겼다 한다.

나는 그 다섯 마을 중의 웃뜸에서 났다. 내가 난 집은 이 질마재(한문자 이름으론 선운리仙雲里)의 집들이 다 그랬던 것처럼 물론 목조의 초가집. 웃뜸의 맨 아래켠에, 호박 넌출과 박 넌출로

도깨비 집. 「말피」의 무대다.

질마재 마을 우물

여름 가을을 감고 섰는 토담에 둘러싸여서 앉아 있었다. 손바닥만 한 툇마루와 청마루를 단 안방과 그 옆의 곁방도, 소구유를 단 사랑방도 내가 어려서 거기 살던 때는 장판도 깔지 않고 그냥 알흙 위에 자리를 펴고 있었던 게 기억난다. 뒤 토담 너머는 바로 보리밭. 북쪽의 앞 토담과 서켠 토담 너머는 모시밭. 동켠으로 대문도 사립문도 안 단 밖으로의 출입구가 널찍이 뚫려 있어, 언제 누구나가 맘대로 드나들기 마련이었다. 뒤란 장독대 옆에 한 그루의 대추나무와 한 그루의 석류나무. 그리고 지붕도 없이 하늘이 비치는 변소의 도가니들 옆에는 몇 그루의 쭉나무. 앞마당만이 비교적 넓어, 우리 촌가의 어느 집이거나 다 그런 것처럼 날 좋을 때는 별이라도 비칠 만큼 번지레히 다지어져 있었다.

모두 합해 한 백오십 호쯤 될까. 마을 사람들은 모두 한결같이 가난해 김성수 씨의 아버지인 동복 영감의 전답을 소작하거나, 아니면 합자해 쪼그만 배로 어업을 하거나, 밖엣사람이와 경영하는 소금막에서 노동을 하거나 또 아니면 질마재를 넘어 다니며 어물 행상을 하였다.

―「질마재」, 『유년기 자서전』(전집 6), 19~21쪽.

백년 전 질마재 마을 모습이다. 생가도 눈에 보일 듯하다. '손바닥만 한 툇마루와 청마루를 단 안방과 그 옆의 곁방도, 소구유를 단 사랑방도 내가 어려서 거기 살던 때는 장판도 깔지 않고 그냥 알흙 위에 자리를 펴고 있었'다고 한다. 의지만 있으면 원형 복원이 가능하다.

질마재 마을은 시인이 1960년에 호출한 기억 그대로의 모습이다. 질마재 고개 근처에 채석장 허가를 내주어 산의 살점이 깨져 나간 것 말고는 크게 변한 게 없다. 아랫똠에 있던 외가 마당에 해일이 밀려오곤 했다는 기억을 참조하면 바다를 매립한 정도가 달라진 경우다. 마을 학교가 미당시문학관으로 바뀌고, 뱀처럼 구불구불 흐르던 그 옆의 실개천이 수로 공사를 통해 곧게 펴진 정도다. 개천엔 수량이 많지 않다. 어린 시절 신발을 잃어버린 그 냇가를 떠올리기 쉽지 않다.

어릴 적 잃어버린 신발 한 짝은
세상 바다를 놀아다니고 있을 것이다

나보고 명절날 신으라고 아버지가 사다 주신 내 신발을 나는 먼 바다로 흘러내리는 개울물에서 장난하고 놀다가 그만 떠내려 보내 버리고 말았습니다. 아마 내 이 신발은 벌써 변산 콧등 밑의 개 안을 벗어나서 이 세상의 온갖 바닷가를 내 대신 굽이치며 놀아다니고 있을 것입니다.

아버지는 이어서 그것 대신의 신발을 또 한 켤레 사다가 신겨 주시긴 했습니다만, 그러나 이것은 어디까지나 대용품일 뿐, 그 대용품을 신고 명절을 맞이해야 했었습니다.

그래, 내가 스스로 내 신발을 사 신게 된 뒤에도 예순이 다

된 지금까지 나는 아직 대용품으로 신발을 사 신는 습관을 고치지 못한 그대로 있습니다.

—「신발」,『질마재 신화』(전집 2), 32쪽.

시인은 어릴 적 개울에서 잃어버린 신발 한 짝을 잊지 못한다. 단순한 신발이 아니라 순수한 동심의 상징을 잊지 못하는 것이다. 다른 것으로 대체할 수 없는 유일하게 소중한 보물. 첫사랑이라고 해도 괜찮다. 그런데 그 동심이자 첫사랑은 나를 대신해서 마음껏 세상 바다를 떠돌아다닌다. 시인은 '돌아

다니고 있을 것입니다'라고 하지 않고 '놀아다니고 있을 것입니다'라고 쓴다. 혹시 오자가 아닐까?

첫 지면인 시집 『질마재 신화』에는 '놀아다니고'로 되어 있다. 보통은 잡지에 먼저 발표하고 시집에 재수록하는데 이 작품은 발표지를 찾을 수 없다. '놀아다니다'는 사전에 나오지 않는다. 일지사 편집부에서 교정을 잘못 보았을 수도 있다. '이 세상의 온갖 바닷가를 내 대신 굽이치며 놀아다니'는 게 독특한 시적 표현이라면 서정주 시인의 특별한 시어로 읽지 말란 법이 없다. '놀면서 자유분방하게 다닌다.'는 뜻이 아닐까?

한자어로 바꾸면 유행遊行이다. 유행遊行은 '유람하기 위해 돌아다니다', '여기저기 돌아다니며 수행하다'는 뜻이다. 우리말로는 어떻게 바꿔야 하나. 등산登山과 유산遊山이 다른 것처럼 유행流行과 유행遊行은 다르다. 등산登山은 산을 오르는 것이고 유산遊山은 유오산수遊娛山水의 줄임말이다. 옛 화랑들의 산천 체험활동 비슷하다. 장차 군 장교가 되어 나라를 이끌어갈 청년 지도자들에게 자연에 살을 가까이 대어보는 감수성 훈련을 시키는 것이다.

유행流行이 정처 없이 떠돌아다니는 것이라면 유행遊行은 놀면서 수행하는 활동이며 자아와 세계의 의미를 새롭게 깨닫는 나그네 활동이다. '놀아다니다'가 한자어 유행遊行을 염두에 둔 우리말이라면 이는 모국어를 풍요롭게 하는 시인의 공적이 아닐까.

시 속의 신발은 어린 서정주의 순수영혼이다. 시인 대신 온 세상 바다를 유람하면서 수행하고 공부한다. 그래 주었으면 하는 바람을 안고 시인은 평생을 산다. 그렇게 희망해서인지 어린 시절 개천에서 잃어버린 신발의 운명이 시인에게 찾아온다. 시인은 회갑을 지나 한국 문인 최초로 전 세계를 유행遊行한다. 1977년 11월 26일부터 1978년 9월 8일까지 오대양 육대주를 '놀아다닌다'. 여행기를 수록하는 조건으로 경향신문사가 후원한다. 이 결과로 나온 게 『떠돌며 머흘며 무엇을 보려느뇨』1980라는 세계 방랑기다.

그는 어려서 고향마을 개천에서 잃어버린 자기 신발처럼

세상을 멋지게 놀아다니다 돌아온다. 시인이 평생 추구한 시적 주제인 '떠돌이 의식'에는 이런 '놀아다니는' 멋도 있지 않을까. 독자들은 질마재 마을의 요모조모를 살피면서 서정주의 어린 날 신발처럼 질마재 곳곳을 유행遊行하면 좋다.

이야기 마을

미당 묘소에서 바라본 질마재 마을 전경

"문둥이도 꼬집히면 운다", "문둥이도 꽃이 피면 운다". 한 자리에서 같이 들었는데 소설가와 시인의 입에서 나오는 소리는 다르다. 저마다 자기 식으로 듣기 때문이다. 소설가 김동리는 '꼬집히면'으로 듣고 시인 서정주는 '꽃이 피면'으로 들었다는 일화다. 일상 경험과 미적 경험의 차이로 소설가와 시인을 구별하는 방식이다. 작가는 일상의 보편적 경험을 모방하고 시인은 자기만의 특별한 감성을 활용한다. 꼬집혀서 우는 건 보편 경험이요 꽃이 펴서 우는 건 특별한 경험이다.

서정주와 김동리는 우리 문단의 대표적인 시인이요 소설가다. 젊어서 『시인부락』 동인 활동을 같이 했고 가난한 하숙방에 함께 뒹굴며 연애 상담도 했다. 김동리는 시를, 서정주는 소설을 쓰고 싶어 했다고 한다. 김동리는 시집 『바위』1973와 『패랭이꽃』1983을 출간했고 서정주는 소설 『석사 장이소의 산책』1977을 출간했다.

절친 외우 김동리가 운명하자 미당은 「김동리 찬」이라는 조시를 쓴다. 이 시는 묘비 뒷면에 새겨져 있다. '1996년 6월 1일 미당 서정주 글'로 되어 있다. 동리를 위한 조시는 미당이 타고난 시인임을 잘 보여준다. 인물 묘사도 상급이지만 말맛도 일품이다.

> 무슨 일에서건 지고는 못 견디던 한국문인 중의 가장 큰 욕심꾸러기,
>
> 어여쁜 것 앞에서는 매양 몸살을 앓던 탐미파 중의 탐미파,

신라 망한 뒤의 폐도廢道에 떠오른 기묘하게는 아름다운 무지개여

기묘하게 아름다운 김동리 소설 예찬

동리더러 무지개라고 한다. 문학적 성취가 아름답다는 찬사다. 어려움 이겨내고 살아온 삶에 대한 경의요 존중이다. 미당이 즐겨 쓰는 역설법이다. '기묘하게는'이 절묘하다. 김동리의 문학세계 전체가 아름답다는 평가인데 얼마나 어떻게 아름다운가를 말하고 있다. '기묘하게 아름다운'은 단정적이지만 '기묘하게는 아름다운'은 느낌이 좀 더 풍부하게 열려 있다. '기묘함'을 강화하기도 하고 '욕심꾸러기와 탐미파의 성향을 고루 갖춘 특이한 사람'이라는 느낌을 매듭짓기도 한다. 조사 '~는'이라는 글자 하나를 더 붙여서 얻는 효과다. 이런 감각이 천생 시인의 자질이다.

김동리의 시가 그의 소설만큼 재능을 보여주지 못하듯 서정주의 소설 또한 그렇다. '기묘하게는'을 만들어내는 솜씨를 소설에서는 볼 수 없다. 소설은 인물이 등장하고 사건이 펼쳐지는 이야기의 세계다. 소설은 이야기가 어떻게 전달되어야 재미있고 효과적인지에 대응해온 장르지만 이야기를 독점하지 않는다. 소설이 정착되기 훨씬 이전부터 이야기는 있었다. 유사 이전부터, 일상 곳곳에, 이야기는 널려 있지 않은가.

질마재 마을에 대해서라면 이야기 문화를 말해야 하고, 이야기에 대해서라면 미당 문학의 중요한 성취라는 점을 말해야 한다. 학계의 연구는 아직 미치지 않는다. 미당의 시와 산문 속에 이야기의 매혹이 풍성하다는 점은 눈 밝은 독자가 발견하는 축복이다. 그의 시와 산문에는 소설 세계 못지않은 이야기의 재미가 넘쳐난다. 젊은 날 소설을 많이 읽은 독서 경험이 도움이 됐을 테지만 이보다 근원적인 경험은 고향 질마재 마을에서 어린 시절 즐겨 들던 이야기다.

아가야, 다음 이야기가 어떻게 될지 말해 보렴

어린 정주는 질마재 마을에서 이야기의 세례를 듬뿍 받으며 성장한다. 마을과 집안에 이야기 환경이 마련된 덕분이다. 외할머니가 중요한 인물이다. 그녀는 한글을 깨쳐서 옛 이야기 책을 즐겨 읽었다. 기억력이 비상해서 책을 통째로 외는 외할머니는 어린 손자에게 풍부한 상상력과 흥미진진한 사건의 세계를 들려준다. 이야기의 재미가 체화된 어린이. 질마재 마을의 정주는 이야기의 서두와 결말과 사건의 우여곡절과, 손에 땀나는 스릴과 서스펜스는 물론 말의 고저장단이며 억양을 통해 말맛을 배우고 익힌다.

질마재 서당에서는 당음이나 배우고 그 나머지는 차라리

외갓집 할머니한테서 배웠더라면 내 유년 시절은 훨씬 더 기름졌을 것이다. 왜냐면 내가 열 살에 줄포의 소학교엘 들어간 후 방학 때마다 와서 들어 아는 일이지만, 우리 외할머니는 한문의 독서력은 없었으나(낱글자를 어느 만큼 아는 정도로) 국문으로 된 소설류는 거의 안 읽으신 게 없었기 때문이다.

「질마재」, 『유년기 자서전』(전집 6), 46쪽.

우리 외할머니는 남편을 잃은 뒤 한글로 나온 이야기책이란 이야기책은 안 읽은 게 거의 없이 태고라 천황씨 적 이야기부터 소상강瀟湘江 무늬 대나무의 젓대 소리 같은 것까지 두루 그득히 읽어 외어 그 마음속에 담고 있은 데다가 (…)

「어머니 김정현과 그 둘레」, 『유년기 자서전』(전집 6), 345쪽.

모계 혈통의 다정다감한 이야기의 세계가 소년의 삶 앞에 펼쳐졌다. 좋은 시인이나 작가는 이렇게 성장한다. 독일의 대문호 괴테1749~1832는 어려서 어머니가 들려주는 옛날이야기를 많이 들으며 자란다. 이 어머니의 교육법이 특이하다. 흥미진진한 대목에 가서 이야기를 끊고 "아가야, 다음 이야기가 어떻게 될지 네가 말해 보렴" 하신다. 소년은 가슴이 두근거린다. 자기가 사건을 선택할 수 있고 얼마든지 새롭게 만들 수도 있다. 창의성이 저절로 길러진다. 말하는 사람이나 듣는 사람이나 이야기의 재미 효과에 민감해진다.

외할머니는 기억술의 달인이다. 이야기책을 통째로 외워

책 읽어주는 직업 낭독가처럼 음성 공연예술을 펼친다. 관객은 외손자 한 명. 사랑과 다정으로 열연하신다. 할머니의 이야기 시간은 구술독서 감상 시간이다. 주인공들은 살아 움직이는 듯하다. 천산만야와 사계절만 아름다운 게 아니다. 이야기

미당 외가 옛 모습

의 세계도 매혹적이다. 천성적으로 감수성이 예민한데 이야기꾼의 재능도 쑥쑥 자란다. 교육은 교사가 중요하다. 어린 시절부터 문학 선생님이 함께 살던 곳. 쓸쓸하고 고독하면 어떠랴. 문학 소년으로 자라는 데는 이런 조건이 상명당이다.

꿈과 환상의 새로운 이야기 세계를 보여준 머슴 박동채

좋은 선생님은 자격증이 필요 없다. 집안 머슴 중에도 이야기에 재능을 보이는 이가 있다. 박동채다. 이 사람은 천성이 어질어서 마을에서 제일 착한데 부인이 도둑질에 살인미수까지 저질러서 감옥에 가는 바람에 혼잣몸이 되어 처량하게 사는 신세다. 그러는 와중에도 머슴 박동채는 어린 정주에게 이야기의 재미와 아름다움을 일러준다.

> 별이 똥을 싸서 밭에 누어 놓으면 그게 누깔사탕이 된다는 이야기라든가(나는 그해에 동채가 장에 가서 사다 주는 누깔사탕을 처음 먹어 보았으므로), 우렁은 2천5백 년씩 잔다는 이야기라든가, 뻘겅 병을 깨트리면 뻘겅 바다가 나오고 누런 병을 깨트리면 누런 바다가 나오고 푸른 병을 깨트려야 비로소 푸른 바다가 나온다는 이야기라든가(지용의 시), 진달래꽃은 솥작새(자규)하고 서로 무슨 아는 사이라든가, 논바닥에 기는 거이를 항상 나한테 잡아 주어서 소살이를 시켰고, 산에 가

면 머루 다래 토끼똥 꿩알들을 늘 얻어다 주면서 그 멀고도 아득한 이야기들을 『추구』 읽는 틈틈이 들려주던 동채는 확실히 하늘이 나한테 마련한 선생님이었다.

—「질마재 근동야화」, 『떠돌이의 글』(전집 8), 91~92쪽.

『추구抽句』는 국가 체제의 교과서다. 다섯 글자씩 된 한자의 좋은 어휘를 골라 댓구를 만들어 놓은 책이다. 서당에서 초급 학동들이 주로 배운다. '碧海黃龍宅 靑松白鶴樓. 푸른 바다는 황룡의 집이요, 푸른 소나무는 백학의 누각이로다.' 천지자연과 인간사를 이미지로 비교하거나 대조함으로써 관념과 감각을 함께 훈련시킨다. 이 교재가 채워주지 못하는 '멀고도 아득한 이야기'는 사사로운 개인 친분을 통해 전수받는다. 정서와 감정이 파란만장한 우여곡절의 '롤러 코스트'를 타는 신화와 전설과 흥미진진한 사건의 세계다. 서당에서는 가르치지 않는다. 과거시험에 출제되지도 않는다. 도덕군자를 양성하는 데 적절하지 않기 때문이다.

전통사회에서는 이야기의 유통과 소비에 크게 주목하지 않았다. 그러나 재미나는 이야기를 좋아하지 않는 사람은 없다. 문학 장르가 직업이 된다는 것을 『추구』 시대의 사람들은 잘 몰랐다. 옛적에 저자거리나 골목에서 책 읽어주는 전기수傳奇叟나 대가 댁 안채에 초빙되어 책 읽어주는 여인인 책비冊裨가 있기는 해도 본격적인 직업은 아니다. 좋은 이야기꾼이 체제를 통해 발탁되지 않고 저자거리에, 사람과 사람 사이에, 묻혀 지내는 이유다.

이야기는 언어의 성채다. 구조적이고 굳건하며 화려하다. 좀처럼 무너지지 않는다. 역사도 철학도 도덕도 이야기의 일종이라는 것을 인류가 깨닫게 되자 이야기 산업이 폭발적으로 성장하기 시작한다. 오늘날은 대부분 문화콘텐츠의 원형이 이야기에 속한다. 이야기는 사건 세계이고 사건 세계란 인간 삶의 모방이다. 우리 삶의 모습이 곧 이야기다.

어린 정주에게 박동채가 들려주는 이야기는 『추구』의 세계와 판이하다. 현실의 경험 법칙을 넘어서는 꿈과 환상과 새로운 질서를 마음껏 펼친다. 그래서 즐겁고 기쁘고 재미있다. '하늘이 나한테 마련한 선생님'은 시인으로 성장하는 데 결정적인 영향을 미친 인물이라는 판단이 들어 있다. 외지고 가난한 마을에서 장차 대시인으로 성장할 소년에게 찾아오는 역설적인 축복이다.

무서운 이야기의 스토리텔러, 요절한 질마재판 베아트리체 서운니 누이

이야기 선생님 한 사람만 더 불러보자. 그녀는 질마재 마을의 서운니다. 어른들 제사 지내느라 없는 방안에 아이들 불러 모아놓고 무서운 이야기를 해주는 스토리텔링 선수다. 이야기 속 주인공은 누님과 남동생. 오누이 단 둘이 사는 집에 도적이 들이닥쳐 누님을 납치해가자 동생이 누님 구하러 가는 이야기다. 온갖 장애를 넘어 무사히 귀환하는 내용인데 이야기꾼의 솜씨에 따라 콩트가 될 수도 있고 대하드라마가 될 수도 있다.

일곱 살이 되면 남녀가 함께 앉아서는 안 되는 남녀칠세부동석의 시절. 어른들 나가고 없는 너른 안방에 오종종종 앉아서 다리 뻗어 서로 포개어놓고 이불로 덮은 채 밤의 공포 괴담을 듣는 아이들. 똥마려워도 나가지 못하고 바람에 문짝만 덜컥거려도 도적이 온 듯 움찍거린다. 이야기를 듣다보면 문학적 상상력이 날개를 펼치고 가슴이 좁쌀만 해졌다가 하늘만큼 넓어졌다가 하는 몸 체험도 하게 된다. 서당에서 천자문 암송하는 것보다 재미있다. 몸에 직접적으로 반응이 온다. 나중에서야 눈치 채게 되지만 이 시간은 황홀한 이야기문학 시간이다. 선생님은 열다섯 살 소녀 서운니. 폐병에 걸려 일찍 죽어서 서정주 문학에 늘 아쉽게 등장하는 질마재판 '베아트리체'다. 직접 인용법을 통해 이 소녀의 이야기 솜씨를 감상해보자. 절정과 결말 부분이다.

> " (…)그리고는 밥을 가져오라 하여 허천난 놈 복알 집어삼키듯 낼름 따담더니, 원체 곤했든지 별로 많이 지껄이지도 않고 아랫목에 가 이내 빠드러져서는 문이 덜렁덜렁 흔들리게 코를 골아 대드란다.
>
> '옳지 되었구나.'

생각허고, 동생은 그때 비호같이 천정에서 내려와 입에 물었던 칼로 그놈 모가지를 되게 가서 쳤지. 원체 칼이 잘 드는 칼이라 그렇게 굵은 모가지라도 잘라지기는 잘라지드래여. 그래도 원체 센 놈이라 잘라진 대구리는 그대로 살아서 한 길이나 뛰더니, 천정에 가 찰싹 다붙어선 두 눈을 부릅뜨고

'이놈!'

하고 호통을 허드라는디이. 그래 뉘은 이때를 기대리고 있다가 냉큼 부엌으로 나가서 매운재를 치맛자락에다 퍼 가지고 와서 그놈 모가지 끊어진 데다 골고루 빼지 않고 헤쳐 놓았어. 이렇게 해 놓으면 다시 대구리가 못 달라붙는다고 그 도적놈한테 들어 알고 있었드랑가. 그랬더니 천정에 붙은 대구리도 이젠 어쩔 수 없는지 두 눈을 까맣게 감고는 방바닥에 가 떨어져 내려 버리드래여. 그래 두 남매는 오랜만에 숨 펴어 쉬고, 부랴부랴 여기서 벗어나서 남의 눈에 안 띄게 잘 숨으면서, 아까 그 동아줄로 다시 바깥세상에 나와서 자기네 집 찾아가, 뒤에 좋은 데 시집가고 장가가 아들 낳고 딸 낳고 잘 허고들 살았드란다. 꿩, 꿩, 장서방."

서운니의 이야기는 대강 이러하였다. 그는 마지막으로

"꿩, 꿩, 장 서방."

을 부르고는 한바탕 너털거려 웃고,

"어떻냐?"

고 우리를 한번 또 빵 둘러보고는, 그 자리에 반듯이 드러누워 두 손으로 깍지를 지어 머리를 고이고 천정을 우러러보고

있었다.

무슨 목욕이 이보다 더 조촐하고 깨끗하며, 무슨 총장의 가르침이 이보다 더 우리를 다정하게 하리오. 나는 사람과 사람 사이에 비어 있는 것이 아니라 차 있는 것의 그리움에 물론 그것은 아직도 오누이 신분 이상의 것은 아니었으나 비로소 새로 눈이 떠서 황홀하여 있었다.

사물을 이치로써가 아니라 정으로써 역력히 가깝게 간절히 만들어 보이던 스승으로, 서운니는 내 맨 처음의 스승이요 또 그중 나은 스승이었다. 하늘에서 사람한테로 연해 오는 금맥의 동아줄의 비유는, 누구의 이런 이야기에서 들은 것보단도, 아니 내가 막히어 피의 바닷물을 끓여 달여서 차돌 같은 한 개의 별을 빚어 가지고 요량하던 것보단도, 시방도 내게는 제일로 정말 같다. 그 어린 동생이 몸을 헐어 지어서 문틈으로 스며 들어갈 때엔 되지 않을 수 없었다는 가늘고도 질긴 한 줄기의 바람도….

—「질마재」, 『유년기 자서전』(전집 6), 76~78쪽.

인정에 호소하는 감성적이고 드라마틱한 이야기. 사람의 피를 끓게 하고 가슴을 뛰게 하며 침이 바짝바짝 마르고 손바닥에 땀이 솟아나는 파란만장한 사건의 세계. 이런 세계를 '정말'처럼 보여준 이가 서운니다. 지어서 만든 이야기가 사실감의 환상을 강하게 불러일으키며 사람을 감동시키는 경험을 어린 정주는 일찌감치 한다. 환상동화 구연 체험이다.

시인의 고향 질마재 마을은 단순한 공간이나 장소가 아니다. 이야기 콘텐츠가 생성되고 유통되는 시장이다. 마을 소녀의 이야기 솜씨에 매혹된 소년은 '누님' 이미지를 평생 소중하게 간직하고 살아간다. 중국 시인 한유가 말한 것처럼 쌓이고 쌓였다가 부득이한 연후에 마침내 글로 터져 나온다.

바다 넘어 구만 리
산 넘어서 구만 리
등불 들고 내려가면,
우물물이 있느니라.

먹탕 같은 우물물
천 길을 내려가면
굴딱지 같은,
도적놈의 개와집이 서 있느니라.

대문 열고 중문 열고
돌문을 열고
바람 되야 문틈으로 스며 들어가면은
그리운 우리 누님 게 있느니라.

도적놈은 어디 가고
우리 누님 홀로 되야

거울 앞에 흰옷 입고 앉었느니라.

—「누님의 집」, 『귀촉도』(전집 1), 89쪽.

이 시는 서운니가 들려준 '누님과 도적 이야기'가 원형이다. 원래 이야기를 압축해서 시의 형태로 다시 만든 것인데 원형 이야기가 훨씬 재미나고 구조적으로 안정적이다. 행과 연을 갈라서 미적으로 단장한 시의 맵시도 좋지만 날사투리 씽씽하게 살아나는 입담이 제 맛이다.

이야기 서사의 원천, 질마재

질마재는 이야기 마을이다. 미당 문학의 주요한 원천이 여기서 비롯된다. 풍부한 이야기 문학 재료를 발굴하고 재가공해서 활용하는 게 고창군이 해야 하는 문화 사업이 아닐까? 이 마을의 압도적인 문화콘텐츠는 신비로운 시 「무슨 꽃으로 문지르는 가슴이기에 나는 이리도 살고 싶은가」에서 절정을 이룬다.

이 시의 배경설화는 마을 민담이다. 멋진 사내 정 도령과 아름다운 처녀 원이는 서로 사랑하는 사이다. 두 사람 사이에 제3자가 등장한다. 정체 모를 남자가 요조숙녀 원이 방에 침입하여 원이를 찔러 죽이는 비극이 발생한다. 정 도령이 꽃을 구해 와서 원이 가슴에 문지르자 재생한다는 이야기다. 독특

미당 묘소 아래의 안현 마을. 지붕과 벽을 '국화'와 '누님'으로 장식하고 있다.

하고 아름답고 감동적인 문화콘텐츠다. 죽은 연인이 다시 살아나는 신라시대 「최항 설화」와 비슷하고 한국문학의 원조인 서사무가 「바리데기 공주」와도 비슷하다. 재생이나 부활을 향한 염원은 시대를 초월하여 사람 마음을 울린다.

> 처녀 원이는 연못 속 산에 지은 초당에서 글을 읽고 있었다. 고요하기야 그의 집 어디라고 안 그런 게 아니지만, 늘 목욕재계하고 이 큰 적막 속에 깃들인 것은 그 큰 적막이라야 고인의 넋들을 송두리째 만나기가 쉬운 때문이었다. 세 끼니의 밥때와 어른들의 부르시는 때를 비췻빛의 적막을 헤치고 손수 연꽃들 사이 배를 저어 외출하는 외엔, 원이의 유난히도 휘영청이 깬 시간들은 매양 고인들과의 상봉으로 짙어 별 딴 겨를이 없었다.
>
> 그의 애인 정해 정 도령은 동원의 담장 너머 이웃집에 살고 있었다던가. 몇 집 건너 있었다던가. 허나 그 애인과의 만남도 고인 상봉의 틈틈이 담장 넘어 불어오는 바람 속에서 숨으로만 할 뿐, 미루고 있었다.
>
> 그런데 여기다 대고 흉한 생각을 낸 놈은 그게 누구였다더라? 원이네 머슴놈이었다던가? 이웃집 살미치광이 더벅머리 총각이었다던가? 원이 잠든 어느 날 밤 삼경. 가슴에 시퍼런 칼을 품고 날새 날듯 숨어들어, 원이가 깨 앞을 여미고 온몸으로 항거하는 것을, 마지막엔 가슴에 칼을 꽂고 달아났다고 한다.
>
> 그래서 유난히 매운 피비린내가 근동까지 퍼져 사람들의 가

슴을 조이고 눈물을 떨구면서, 아버지가 가 흔들어도 어머니가 가 흔들어도 형제간들이 가 흔들어도 일어나지 않더니, 어느 틈엔가 정 도령이 혼자 그 옆에 다가가니 다시 새로 살아났다. 먼저 붉은 꽃으로 가슴에다 대고 문지르니 식었던 피가 다시 붉게 더워 오고, 다음엔 푸른 꽃으로 가슴에다 대고 문지르니 쉬었던 숨이 다시 새파랗게 살아 나와 뿌시시 눈을 뜨고 정 도령을 불렀다. 그래서 이것을 아면兒免이나 하게 귀밑머리 풀어 쪽 지어 올린 뒤에 정 도령은 둘쳐업고 저의 집으로 갔다.

그러나 정 도령이 원이를 살려 업고 가는 것은 아무도 못 보고, 정 도령 혼자밖엔 아무도 모른다. 부는 바람, 웅성거리는 적막 속에서,

정해정해 정 도령아
원이왔다 문열어라.
붉은꽃을 문지르면
붉은피가 돌아오고.
푸른꽃을 문지르면
푸른숨이 돌아오고.

항시 속삭이는 원이의 노래를 듣는 우리 정해 정 도령밖에는 아무도 모른다는 이야기 속 그 '원이'이리라.

—「질마재」, 『유년기 자서전』(전집 6), 109~110쪽.

달빛 억수로 쏟아지는 추석 날 밤이다. 송 선생네 넓은 마당은 내리 밀리는 달빛에 차라리 거울이다. 달빛 수은을 두툼히 깔아놓은 듯한 마당이 명경처럼 빛난다. 마을 소녀들은 손에 손을 잡고 둥글게 돌며 돌림노래를 부른다.

개와 넘세 개와 넘세 초록 개와 청개와를 앙금 살짝 넘어가세. 개와 넘세 개와 넘세 개와 넘어 어델 갈고. 개와 넘어 원이방 가자. 개와 넘세 개와 넘세 용마룽에 발 채일라 조심조심 넘어가세.

기와를 넘어서 죽은 원이한테 가는 정 도령의 마음이 전해져 온다. 장애와 난관을 돌파하려는 간절한 소망이다. 노래하는 처녀들은 자기 일인 것만 같다. 금녜, 순녜, 아망녜, 고막녜, 유둔녜, 조왕녜, 삼월이, 팔월이, 서운니, 푸접이, 섭섭이네… 백 년 전 질마재 마을 처자들은 억울하게 죽은 원이 한을 풀어주고 싶다. 다시 살려내야 나도 억울하지 않다고 믿는다. 합창은 마음을 한 데 모으는 예술이다.

질마재 마을의 추석 노래와 춤은 독특하다. 강강술래를 닮았다. 원무를 그리며 죽음의 문제를 초월하는 재생을 꿈꾼다. 가슴에 꽃을 문질러 죽은 이를 살려내는 상상력은 한국문학의 독특한 모습이다. 죽은 여인의 흰 가슴에 붉은 꽃이 올라간다. 살아 있는 남자의 손길이 그 위에 올라가서 문지른다. 붉은 피가 돌아온다. 이번엔 남자의 손이 여자 가슴 위의 푸른 꽃으로 올라가서는 또 문지른다. 푸른 숨이 돌아온다. 피가 돌아오고 숨이 돌아오니 여자는 살아난다. 푸른 색과 붉은 색의 강렬한 원색 대비는 생명의 상징이다. 저승에서 이승으로 돌아오는 힘의 비밀. 꽃 문지르기다. 촉각이다.

시각, 청각, 후각, 미각은 얼굴에 몰려 있다. 촉각은 몸 전체에 퍼져 있다. 외부의 자극을 원초적으로 폭넓게 감지한다. 생명이 꺼질 때 가장 마지막에 스러진다고 한다. 터치가 나와 나 아닌 존재의 차이를 만든다. 만지기는 손의 행위다. 가장 섬세하고 예민한 몸의 의사소통이 손으로 만지는 것이다. 존재란 무엇인가. 생명이란 무엇인가. 이렇게 말하면 어떨까. '나는 만진다. 고로 나는 존재한다.'

무슨 꽃으로 문지르는 가슴이기에 나는 이리도 살고 싶은가

사랑한다고 백 번 이야기하는 것보다 한 번 만지는 게 낫다. 손은 접촉의 최전선이다. 만지기는 사랑과 친밀의 표시다. 문지르기는 더 간절한 표시다. 아플 때 낫게 하는 목적이 많다. 손으로 몸을 문지르면 마찰열이 생겨 따뜻하게 만든다. 죽음은 차고 생명은 따뜻하다. 그런 원리다. 문질러서 몸을 따뜻하게 만들어야 한다. 맨손보다는 꽃손이 매력적이다.

꽃은 번식을 위한 식물의 생태 현상이다. 자기 생명을 복제하기 위한 수단이다. 예쁘고 향기로워야 수정이 유리하다. 꿀은 손님을 위한 필수 선물. 꿀이 있어야 벌 나비가 날아든다.

생명체는 꽃을 좋아한다. 꽃 자체가 생명의 증거다. 꽃손 문지르기가 왜 매혹적인지 설명하지 않아도 우리는 느낀다.

'무슨 꽃으로 문지르는 가슴이기에 나는 이리도 살고 싶은가.' 서정주 시인의 시 제목이다. 제목만으로 가슴이 울렁인다. 원이와 정 도령 이야기가 더해지면 마음 더 간절해진다.

아조 할 수 없이 되면 고향을 생각한다.

이제는 다시 돌아올 수 없는 옛날의 모습들. 안개와 같이 스러진 것들의 형상을 불러일으킨다.

귓가에 와서 아스라히 속삭이고는, 스쳐 가는 소리들. 머언 유명幽冥에서처럼 그 소리는 들려오는 것이나, 한 마디도 그 뜻을 알 수는 없다.

다만 느끼는 건 너이들의 숨소리. 소녀여, 어디에들 안재安在하는지. 너이들의 호흡의 훈짐으로써 다시금 돌아오는 내 청춘을 느낄 따름인 것이다.

소녀여 뭐라고 내게 말하였든 것인가?

오히려 처음과 같은 하눌 우에선 한 마리의 종다리가 가느다란 핏줄을 그리며 구름에 묻혀 흐를 뿐, 오늘도 굳이 닫힌 내 전정前程의 석문 앞에서 마음대로는 처리할 수 없는 내 생명의 환희를 이해할 따름인 것이다.

섭섭이와 서운니와 푸접이와 순녜라 하는 네 명의 소녀의 뒤를 따라서, 오후의 산 그리메가 밟히우는 보리밭 새이 언덕길 우에 나는 서서 있었다. 붉고, 푸르고, 흰, 전설 속의 네 개의 바다와 같이 네 소녀는 네 빛갈의 저고리를 입고 있었다.

하늘 우에선 아득한 고동 소리. … 순녜가 아르켜 준 상제님의 고동 소리. … 네 명의 소녀는 제마닥 한 개씩의 바구니를 들고, 허리를 굽흐리고, 차라리 무슨 나물을 찾는 것이 아니라 절을 하고 있는 것이었다. 씬나물이나 머슴둘레, 그런 것을 찾는 것이 아니라 머언 머언 고동 소리에 귀를 기울이고 있는 것이었다. 후회와 같은 표정으로 머리를 수그리고 있는 것이었다.

중략 (…)

그러나 내가 가시에 찔려 아퍼헐 때는, 네 명의 소녀는 내 곁에 와 서는 것이었다. 내가 찔렛가시나 새금팔에 베혀 아퍼헐 때는, 어머니와 같은 손가락으로 나를 나시우러 오는 것이었다.

손가락 끝에 나의 어린 핏방울을 적시우며, 한 명의 소녀가 걱정을 하면 세 명의 소녀도 걱정을 허며, 그 노오란 꽃송이로 문지르고는, 하연 꽃송이로 문지르고는, 빠알간 꽃송이로 문지르고는 하든 나의 상처기는 어쩌면 그리도 잘 낫는 것이었든가.

정해정해 정 도령아
원이왔다 문열어라.
붉은꽃을 문지르면
붉은피가 돌아오고.
푸른꽃을 문지르면
푸른숨이 돌아오고.

소녀여. 비가 개인 날은 하늘이 왜 이리도 푸른가. 어데서 쉬는 숨소리기에 이리도 똑똑히 들리이는가.

무슨 꽃으로 문지르는 가슴이기에 나는 이리도 살고 싶은가.

몇 포기의 씨거운 멈둘레꽃이 피여 있는 낭떠러지 아래 풀밭에 서서, 나는 단 하나의 정령이 되야 내 소녀들을 불러일으킨다.

그들은 역시 나를 지키고 있었든 것이다. 내 속에 내리는 비가 개이기만, 다시 그 언덕길 우에 돌아오기만, 어서 병이 낫기만을, 그 옛날의 보리밭길 우에서 언제나 언제나 기대리고 있었든 것이다.

내가 아조 가는 날은 돌아오련가?

—「무슨 꽃으로 문지르는 가슴이기에 나는 이리도 살고 싶은가」, 『귀촉도』(전집 1), 111~115쪽.

이 긴 시를 암송하는 사람을 잊지 못한다. 소년한국일보 사장을 지낸 고 김수남1937~1997. 미당 시를 백편 이상 암송하는 그가 귀기 넘쳐흐르는 이 시를 열정적으로 암송하던 모습은 한 편의 예술이다. 시를 완전히 녹여낸 다음 자기 세포 속에 생화학적으로 결합시켜 아우라Aura를 뿜어낸다.

미당은 1942년에 이 시를 썼다. 스물여덟, 믿을 수 없는 나이다. 처음엔 고향 이야기 연작용 산문으로 발표했다가 시집 『귀촉도』1948에 시로 편입시켰다. 원이 이야기를 바탕으로 시로 만들었지만 영화나 뮤지컬로도 만들 수 있다. 영국 작가 조앤 롤링이 쓴 해리포터 시리즈의 누적 부가가치는 현대자동차의 연간 매출액을 넘는다. 소설- 이야기가 영화, 연극, 뮤지컬, 애니메이션, 캐릭터산업 등 다양하게 발전해 나갔기 때문이다. 꽃손 문질러 사람 살리는 이야기도 이에 못지않게 매혹적이다. 질마재 마을이 미래 이야기산업의 보물창고가 안 될 이유가 없다.

길 따라 물 따라

2부.

고창읍성앞 걷는

고창 이야기

질마재 마을을 중심으로 길은 고부라져 돌아가고 멀리 물길이 띠를 두른 듯 마을을 감싸 안는다. 땅 위엔 사람 다니는 길과 물 다니는 길이 있지만 하늘엔 새 다니는 길이 정해져 있지 않다. 구름 가는 길 역시 아무도 모른다. 하늘의 길은 정처가 없고 땅 위의 물길은 쉬임이 없다. 그래서 정처 없이 쉬임 없이 떠도는 나그네 길을 부운유수浮雲流水라고 하는가 보다.

떠돌이 의식은 미당 문학의 중요한 주제다. 그는 일찍이 명시 「자화상」에서 "나를 키운 건 팔할이 바람"이라고 했다. 이 '바람' 속에 장애나 어려움의 속뜻 외에 자유롭고 거칠 것 없는 방랑자 의식도 있을 법하다. 미당의 표현으로는 '떠돌이 의식'이다. 그의 문학은 질마재에서 출발해서 세계 전역으로 뻗어가기도 하고 신라를 지나 고조선까지 이르기도 한다. 공간적으로, 시간적으로, 서정주만큼 깊고 넓게 문학을 다룬 이는 현대문학사에 드물다.

그는 잠깐의 천재적인 재주로 문학을 하지 않았다. 기독교를 탐구하고 유불도 삼교를 두루 살피기도 하지만 석가모니를 인생의 가장 따뜻한 선생님으로 모셔서 평생을 공부했다. 공부하는 마음자리가 클 뿐만 아니라 한 곳에 머무는 법이 없다. 강물처럼 부지런히 흘러가고 구름처럼 자유롭게 떠다닌다. 자유로운 떠돌이 정신, 이것이 미당 정신이다.

여기까지 와서 마을만 볼 순 없다. 조금 멀리서, 은은하게, 미당에게 영향을 미친 공간들이 있다. 고창읍성, 동리국악당, 선운사, 하전 개펄을 돌아 다시 마을 한복판의 미당시문학관으로 돌아오는 것도 좋은 여행길이다. 미당은 '떠돌며 머흘며 무엇을 보려느뇨'라는 방랑기 제목을 붙이기도 했지만 무작정 떠도는 게 능사는 아니다. '무엇을 보려 하느냐'에 대한 자기 대답이 있어야 한다.

떠돌며 머흘며 무엇을 보려느뇨 徘徊將可見
시름에 홀로 이 마음은 병드네 憂思獨傷心

중국 죽림칠현의 일원인 완적阮籍. 210~262의 '영회시詠懷詩' 가운데 한 소절이다. 중국 역사상 가장 험난한 시대를 살아가는 시인의 마음은 대놓고 표현할 길이 없어 비유를 많이 활용한다. 이를 비흥比興이라 하는데 자연물을 먼저 언급하고 관련된 마음을 넌지시 드러내는 방식이다.

미당의 생애
1915. (1세)

누구라도 마음 있는 이가 이 인간들의 세계를 구석구석 돌다 보면 다 이 비슷한 느낌이 안 될 수는 없을 것입니다.

어느 나라도 예외가 없이 밤거리의 뒷골목에 웅크리고 모여 섰는 젊은 여자 떠돌이들의 그 처량한 매음 행각, 아직도 이 지상의 5분의 4쯤의 나라들에선 그 모습을 없애지를 못하고 이어 나타나고만 있는 거지, 거지, 어른 거지, 아이 거지 떼들, 어느 나라에서도 빠짐없이 비척비척 헤매 다니는 마취만이 유일한 살길이 된 술주정뱅이들.

우리 이상李箱 시인이 표현했던 그대로 '무서워하던 놈들이 무서운 놈들이 되어 버린' 강도, 강도, 날강도, 살인강도들….

이런 것들이 우글우글한 구석들을 헤매 떠돌며 어떻게 시름없는 밝은 마음을 지닐 수가 있겠습니까.

—「세계 방랑기를 끝내고」, 『방랑기』(전집15), 468~469쪽.

미당은 완적의 마음을 빌어 세계 방랑길에서 본 인류의 슬픈 모습을 나타낸다. 어디에서 어떻게 살든 사람살이가 다 애처롭다는 이야기다. 그 애처로움 속에서도 '생의 심층의 매력'을 찾아내는 게 방랑길 미당의 자기 대답이다.

그런 것처럼, 질마재 마을 주변을 떠돌면서 무엇을 볼 수 있는지는 보는 사람에게 달려 있다. 누구에게는 선운사가 특별하고 다른 누군가에게는 가을 개펄이 눈부시게 풍요롭다. 동리국악당에 가면 서정주가 좋아한 가야금 이야기를 떠올릴 법하고 모양성에 가면 그 옛날 동백꽃 그늘에 앉은 귀부인 모습이 그려진다. 아는 만큼 보이는 법이다. 인간이 바라보는 세상은 천차만별이고 중중무진이다. 보는 사람에 따라 다 다르다. 내가 보는 만큼이 이 세상이다.

고창읍성

고창에 옛 성이 있다. 고창읍성이다. 모양성牟陽城이라고도 한다. 왜군의 침입을 막을 목적으로 15세기에 지어졌다. 군청 인근에 있어 찾기 쉽다. 단아한 모습, 포근한 느낌이다. 성곽 둘레길도 나지막하고 편안하다. 산책하듯 걸어가는 답성놀이가 전통으로 이어져 온다. 둘레길 1,684미터. 30분이면 한 바퀴 돈다. 시월 중순의 모양성 축제 때는 참가자들이 손바닥만 한 돌을 머리에 이고 둘레길을 돈다. 성곽 둘레길 바닥을 튼튼히 다지는 효과도 있고 머리에 인 돌을 성곽 개보수용으로 비축할 요량이기도 하다. 생활의 지혜다. 한 바퀴 돌면 다리병이 낫고 두 바퀴 돌면 무병장수하며 세 바퀴 돌면 극락 승천한다는 이야기가 붙어 한결 재미있다. 식생으로는 사시사철 푸른 대나무 숲이 보기 좋다. 소나무, 벚나무, 홍매화 등이 드문드문 있다. 성곽길 주변엔 철쭉이 화사하다. 그 옛날의 동백나무는 어디로 갔나.

고창,

햇볕 머금은 보리같이 까스럽고 뜨시한 힘이 모인 곳

고창의 옛 이름은 모양牟陽이다. 모牟는 보리고 양陽은 햇볕이니 햇볕 머금은 보리 이삭이다. 느낌이 까슬까슬하다. 전라도 말로 까스럽다. 사람도 그렇다. 물에 물탄 듯 술에 술탄 듯 물렁하지 않다. 권력이나 금력에 아부하지 않는 원리원칙의

고진古眞이 많다. 이런 사람들이 머리에 돌 이고 와 성을 쌓은 거다. 미당은 '햇볕 머금은 보리 같이 까스럽고 뜨시한 힘'이 모여 좀처럼 헐리지 않는 단단한 모양성을 만든다고 말한다. 시인답다. 까스럽기는 서정주도 마찬가지다.

그는 소년 시절에 이 근처에 잠시 살았다. 중앙고보에서 퇴학당해 내려오자 고창고보에라도 진학시키고자 아버지 서광한은 집을 월곡리로 옮긴다. 바로 인근이다. 본가가 따로 있고 널따란 택지의 대숲 안에 아들 초당을 따로 지어준다. 별채 공부방인 셈이다. 하지만 퇴학생 서정주는 고창고보에서도 적응하지 못하고 일제교육을 거부하는 시험 백지동맹에 참여한다.

반제동맹을 이끈 항일사상범 서정주

고창은 동학 농민군을 이끈 전봉준 생가도 있고 피체지도 있다. 반외세, 반제국주의 성향이 강하다. 1930년대 초반 서정주도 그런 분위기 속에 있었다. 1929년과 1930년 2차에 걸쳐 중앙고보에서 광주학생 지지시위를 벌이다가 쫓겨난 열다섯 살 소년 서정주는 줄포 집으로 피신을 가지만 이내 긴급 체포된다. 그의 자전시 「팔할이 바람」에는 이렇게 나와 있다.

> 며칠 뒤에 나는 줄포 경찰서로 끌려가서

고창읍성 전경

일본 순사한테 "곤적쇼(이 축생)!" 소리를 들으며
가죽 구둣발로 정갱이를 되게는 많이 걷어 차이고,
유치장에서 하룻밤 자고 이튿날은 서울로 압송됐는데,
서울 종로 경찰서까지 가는 동안 사뭇
일본인 순사부장은 내 수갑 찬 손에
빛깔 고운 꿩 한 쌍을 들고 가게 했었지.
종로서에서 유명했던 저 '미와' 경부警部 도노에게
바쳐 올리기로 한 선물이래나.
나는 이내 서대문 형무소에 수감되어
동경제국대학을 갓 졸업하고 온
미남자 미우라 검사에게 심문을 받았는데
"어머니 보고 싶지 않느냐?"고 그가 물어서
챙피한 일이지만 내가 말없이 눈물만 흘리고 있었던 게
기소 유예로 풀려나게 된 이유였었네.
나는 그때 겨우 만 열다섯 살짜리였으니까.

—「제2차 연도의 광주학생사건」, 「팔할이 바람」(전집 4), 149쪽.

기억에 의존하면 착오도 있게 마련이다. 당시 신문엔 소년 서정주를 서울로 압송해 간 사람이 일본인 순사부장이 아니라 조선인 고등계 형사로 나온다.

학생 검거 압송
전북 줄포경찰서에서는 경성 중앙고보생으로 작년 광주학

고창읍성 앞 걷는 여인상

고창읍성 성황사

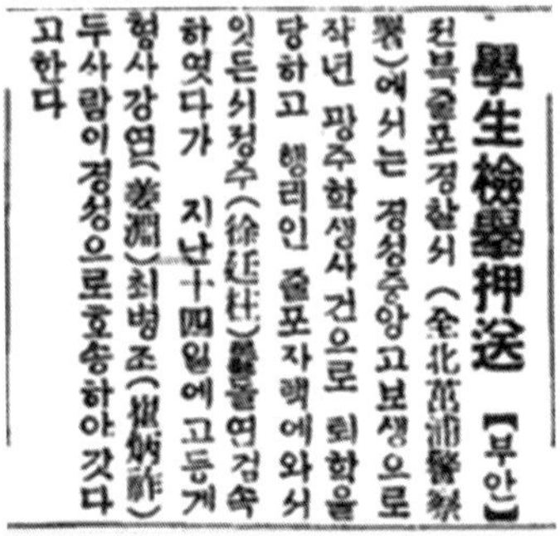

學生檢擧押送 【부안】

전북줄포경찰서（全北茁浦警察署）에서는 경성중앙고보생으로 작년 광주학생사건으로 퇴학을 당하고 향리인 줄포자택에와서 잇든서정주（徐廷柱）[illegible]를연검속하엿다가 지난十四일에고등계형사강연（姜淵）최병조（崔炳祚）두사람이경성으로호송하야 갓다고한다

동아일보, 1930년 12월 18일 학생압송사건 기사
©윤재웅

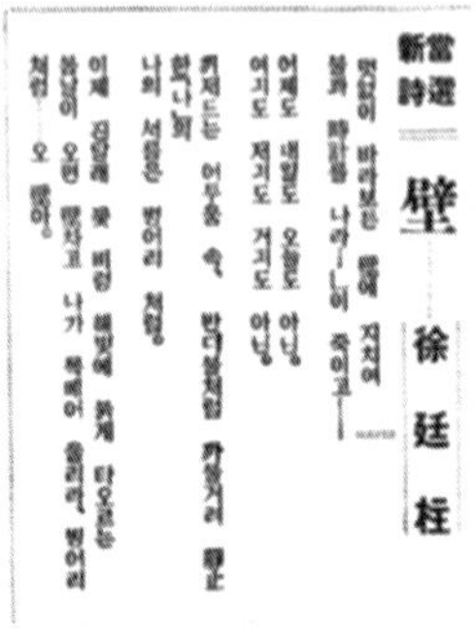

當選 新詩

壁

徐廷柱

어제도 내일도 오늘도 아닌
여기도 저기도 거기도 아닌

동아일보, 1936년 1월 3일
신춘현상공모 당선 사진 ©윤재웅

고창고등학교 전경

> 생사건으로 퇴학을 당하고 행리인 줄포 자택에서 있던 서정주를 돌연 검속하였다가 지난 14일에 고등계 형사 강연姜淵, 최병조崔炳祚 두 사람이 경성으로 호송하여 갔다고 한다.
>
> —『동아일보』, 1930. 12. 18.

서정주는 동아일보 신춘현상공모 당선자다. 1936년 1월 3일 이름을 올린다. 공식적인 시인 탄생일이다. 그러나 이보다 2년 전쯤 독자투고를 통해 동아일보에 첫 시를 발표한다. 「그 어머니의 부탁」이다. 등단 전이지만 시인은 시인이다. 1933년 12월 24일. 그로부터 67년이 지난 2000년 12월 24일 서정주는 운명한다. 시인으로 첫 이름을 알린 날이 생을 마감하는 날이 된다.

자료를 보면 서정주라는 이름이 지면을 통해 처음 알려진 것은 1933년 12월 24일이 아니라 이보다 빠른 1930년 12월 18일이다. 동아일보라는 공적 기록을 통해 확인되는 서정주의 최초의 정체성은 시인이 아니라 퇴학생이자 열다섯 살짜리 항일 사상범이다. 검사에게 방면은 받아 풀려나오지만 이 사건이 계기가 되어 고창 월곡리로 이사, 고창고보에 다시 편입하게 된다. 항일의식이 강해 퇴학당한 전국의 학생들을 그런대로 받아주던 고창고보. 어지간하면 졸업하는데 소년 서정주는 그 어지간함을 견디지 못한다.

녹두장군 숨이라든지 모양성의 '햇볕 머금은 보리 이삭' 정신이라든지 고창의 무슨 '까스러운' 힘이 소년에게 영향을 미치기는 했을 터다. 비밀독서회에 가입하여 은밀하게 활동한다. 후일 인촌 김성수의 사위가 되는 유일석, 전북 도지사 박정근의 큰 자제 박병기 등이 일원이다. 발각되면 중형을 선고받는다. 사회주의 계열 독서운동을 주도하는 S당 조직이 아닌가 싶다. 다행히 비밀독서회는 드러나지 않았지만 일본제국주의를 반대하는 반제동맹 운동은 살아 있는 불꽃이었다. 동맹휴학 형식으로 시험 백지동맹에 참여하게 된다. 권고자퇴 형식이지만 또 퇴학이다.

1931년 봄 전북 고창고보에 편입학을 했더니
"넌 중앙에서 퇴학 맞고 온 서정주지?
난 ××에서 퇴학 맞고 온 ××다!
여기서 올에도 한번 더 잘 해보자!"
여러 놈이 다가와서 이 성화인지라.
의리상 나 혼자만 빠질 수나 있어얘지?
그래서 비밀회합이니 백지동맹이니 뭐니
또다시 수상한 놈이 안 될 수도 없었지.
그래도 이 학교장은 우리를 불러들여
"너이를 퇴학시키라고 경찰에선 야단이다.
그렇지만 그러면 딴 학교도 못 갈 거니
너이들 스스로 자퇴하고 나가거라."
간절히 나즈막히 당부하신 걸로 보면
역시나 우리하고 통하는 데도 계셨지.

—「광주학생사건에 3」, 『안 잊히는 일들』(전집 3), 239쪽.

소년 서정주는 이래저래 질풍노도의 시대를 맞는다. 서울과 고창을 오르락내리락 하면서 방황하다가 결혼을 한다. 울산이 원적지인 정읍의 방규수 댁 자녀 방옥숙을 아내로 만난다. 미당보다 다섯 살 아래다. 방규수의 부인이 이귀향이고 귀향의 동생이 차향이다. 귀향은 서정주의 장모고 차향은 처이모다. 이 댁 여인들이 미인이다. 혼인 직후 새신랑이 장인 장모와 반주 곁들인 저녁을 하다가 그만 장인 앞에서 장모의 예모를 상찬하다가 혼찌검이 난다. "거 장모님은 제 처보다 훨씬 미인이시군요." "호로자식이로고!" 사위를 단단히 꾸짖는 장인. 사위는 당황해서 몸 둘 바를 모른다. 다음날 해 어스름에 장인은 "네 술 농담을 인정한다"는 뜻으로 정읍 최상의 순곡주를 한 잔 낸다. 장인과 사위 사이의 화해의 술이다.

장모가 미인이었지만 처이모는 더 절색이라 했다. 방옥숙의 동생 방한열의 증언에 따르면 차향의 남편이 법무 관련 일을 맡은 고위 공직이어서 미당이 도움을 받은 적이 있다고 한다. 암울하고 참담한 시대였다. 미당이 항일민족사상 배후 혐의로 1944년 4월 초순부터 6월 중순까지 고창경찰서 유치장에 강제 구금되어 있을 때 조금이라도 빨리 풀려날 수 있게 도와주었다고도 했다.

빠알간 불 사루고, 재를 남기며 잔치는 끝났드라

일제가 볼 때 미당은 사상적으로 위험한 반일민족주의자였다. 전라북도 경찰국에서 이하라 경감이 직접 파견 나와 조사를 했다. 미당은 전라도 일원을 도는 항일순회 연극단 일원이었던 김방수, 김용환, 김판순, 박영기, 박형만 등에 영향을 준 혐의를 받았다. 이들이 체포되어 배후를 추궁당하자 미당을 지목한다. 「고창의 연극 연예사 연원」이라는 기록에 따르면 미당은 이들에게 항일 연극 시나리오를 써 준 것으로 되어 있고, 미당 자신의 술회에 따르면 민족의 울분을 노래하는 「행진곡」이 조선 청년들의 가슴에 불을 지른 것으로 나와 있다.

잔치는 끝났드라.
마지막 앉어서 국밥들을 마시고,
빠알간 불 사루고,
재를 남기고,

포장을 걷으면 저무는 하늘
일어서서 주인에게 인사를 하자.

결국은 조끔씩 취해 가지고
우리 모두 다 돌아가는 사람들.

1938년 미당 결혼사진

결혼식 후 정읍의 처가 식구들과 함께

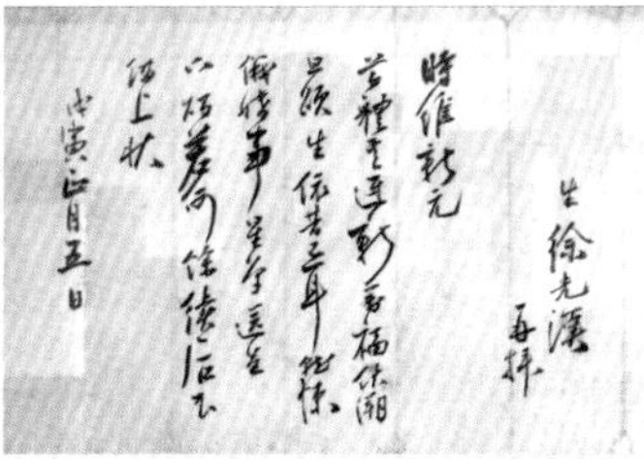

장인 방규수에게 보낸 부친 서광한의 편지

목아지여

목아지여

목아지여

목아지여

멀리 서 있는 바닷물에선

난타하여 떨어지는 나의 종소리.

—「행진곡」, 『귀촉도』(전집 1), 98쪽.

1940년 8월 11일 조선일보가 폐간되자 그 기념으로 청탁받은 시다. 폐간 기념호에 수록되지 못하고 『신세기』 11월호에 발표된다. 시인은 이 시를 젊은 연극단원들 앞에서 낭송해 준다. 모두들 막걸리를 나눠 마시고 우울한 감정도 나눠 가진다. 초현실주의적 기법으로 이미지를 비약시키긴 하지만 듣는 사람은 가슴이 떨린다. 위험을 알리는 다급한 경보가 울리는 것 같다.

낭송하는 목소리는 민족어의 말살, 민족 언론의 종말을 급박하게 경고한다. 모가지가 떨어지듯 난타하여 떨어지는 종소리는 고도의 상징이다. 민족정기, 자존감, 주체성, 국권, 언어… 딱 부러지게 설명하지 않아도 조선어 사용자는 울분을 느낀다. 눈물이 핑 돌고 피가 끓는다. 수천 년 함께 써 온 언어의 힘이고 시의 힘이다. 총칼을 들지 않는 무형의 언어도 무기가 된다. 백색의 무기다.

어느 함축과 비유가 민족의 위기를 이토록 절박하게 노래할까. 당대 최고의 비평가 임화는 이 시를 평가하면서 서정주를 '일류 시인'으로 부른다. 신예시인에게는 최고의 찬사다. '목아지여'를 네 번이나 연달아 외치는 백색의 무기는 저마다의 가슴을 찌르고 민족감정을 성난 파도처럼 일으켜 세운다. 1940년대만 유효한 게 아니다. 백년 이백년이 지나도 토종 한국어의 외침 소리는 절절하다.

미당이 일제 말기 두 달 반 동안 유치장 생활을 한 것은 분명하고 그 이유가 항일 사상범이라는 점도 틀림없다. 정식 재판을 받지 않았으므로 조사기록이 없다. 기록이 없다고 해서

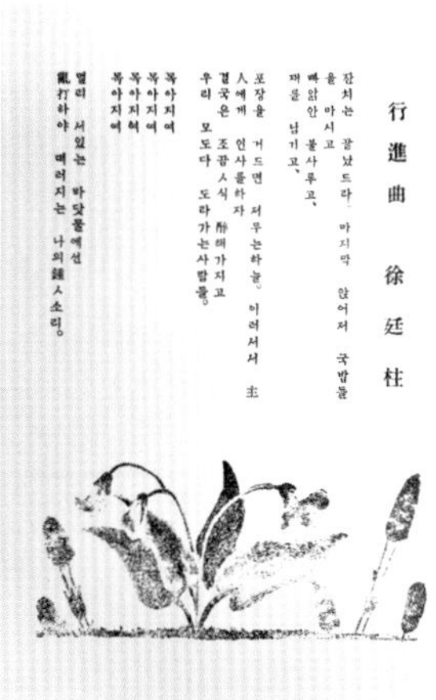
行進曲　徐廷柱

잔치는 끝났드라. 마지막 앉어서 국밥들을 마시고
빠알간 불사루고,
재를 남기고,

포장을 거드면 저무는하늘. 이러서서 主人에게 인사를하자
결국은 조곰ㅅ식 醉해가지고
우리 모도다 도라가는사람들.

목아지여
목아지여
목아지혀
목아지여

멀리 서있는 바닷물에선
亂打하야 떠러지는 나의鐘ㅅ소리.

「행진곡」 발표지면(『신세기』, 1940.11) ©윤재웅

미당의 '백색 무기'로 인한 유치장 생활이 사라지는 것은 아니다. 일본인 경감이 전주에서 특별조사차 나왔으니 서정주의 항일 사상적 영향을 가볍게 보지 않은 증거다. 이런 자료와 맥락은 존중되어야 하고 균형감 있게 다루어야 한다. 미당이 언급한 김방수는 1944년 9월 25일 전주지방법원에서 '치안유지법 및 육해군형법위반' 죄로 징역 2년을 선고받아 투옥되었다가 해방 직후에 풀려났다. 그는 2009년 애족장을 수훈한 독립지사가 되었다.

미당의 유치장 구금 생활은 말이 아니었다. 잡범들과 함께 방을 써도 사상범이어서 '선생님' 대접을 받기는 했다. 그는 유치장의 제일 좋은 자리를 차지하는 감방장이 되었지만 언제 나올지도 모르고 유치장에서 그대로 죽을지도 모르는 불안한 나날을 보내야만 했다. 조사관 이하라가 문학을 좋아하는 사람이라 미당의 혐의를 크게 문제 삼지 않았다고는 하지만 또 다른 자료는 새롭다. 미당의 처남 방한열은 미당의 법조계 쪽 처이모부가 백방으로 노력하여 석방에 도움을 주었다고 증언한다. 그렇다면 석방의 얼마간은 처가 덕이다. 처이모인 차향의 도움이라면 도움이다.

귀향과 차향 자매는 미당과 특별한 인연으로 맺어진다. 당시의 미당 마음속에 들어가 보면 역사나 문학사에 없는 행간이 보인다. 장모 귀향은 사위의 시심을 불러일으키는 시의 여신이고 처이모 차향은 유치장 귀신이 될 뻔했던 미당에게는 구원의 여신이다. 시의 여신 이야기를 마저 하자.

미당을 구원한 시의 여신 이야기

장인 앞에서 장모의 미모를 찬탄하는 건 무례일까. 하기사 '내 아내보다 당신 아내가 내 눈에 더 예쁘다'는 말인데 듣는 장인이 불쾌할 만도 하다. 그래도 장모는 기분 나쁘지 않다. '사위도 나를 좋아한다네!' 찐한 에로스는 아닐 테고 아름다움에 대한 순수한 동경으로 한 수 접어준다. 아름다움 앞에서는 어쩔 수 없는 탐미파. 동리더러 탐미파 중의 탐미파라 했지만 동리 못지않은 탐미파가 미당이다.

미인 장모님이 새살림 난 딸을 보겠다고 고창엘 온다. 장모님을 대접해야 하는데 마땅히 모실 데가 없다. 해서 간 곳이 고창읍성이다. 결혼한 이듬해 언저리니 1939년 봄 무렵이다. 성 안 너른 풀밭에 동백나무가 있다. 마침 동백 지는 철이다. 동백은 꽃 지면 처절하다. 한 잎 두 잎 떨구지 않는다. 꽃송이째로 고스란히 떨어진다. 찬란한 참수斬首다. 화려하게 핀 채 목 떨어지는 목숨이다. 아름답고 서럽다. 새신랑 시인은 시심이 발동한다. 장모님은 동백나무 그늘에 곱다란 한복 치마를 펼쳐 앉는다. 미인 장모님의 주변에 아름답고 서러운 꽃송이들이 찬란하다. 무얼 어찌해야 좋은가. 시심이 체험을 만들고 체험이 다시 시를 만든다.

어느 해 봄이던가, 머언 옛날입니다.

미당의 장모 이귀향 회갑연

나는 어느 친척의 부인을 모시고 성城 안 동백꽃나무 그늘에 와 있었습니다.

부인은 그 호화로운 꽃들을 피운 하늘의 부분이 어딘가를 아시기나 하는 듯이 앉어 계시고, 나는 풀밭 위에 흥근한 낙화가 안씨러워 줏어 모아서는 부인의 펼쳐든 치마폭에 갖다 놓았습니다.

쉬임 없이 그 짓을 되풀이하였습니다.

그 뒤 나는 연년年年히 서정시를 썼습니다만 그것은 모두가 그때 그 꽃들을 줏어다가 디리던— 그 마음과 별로 다름이 없었습니다.

그러나 인제 웬일인지 나는 이것을 받어 줄 이가 땅 위엔 아무도 없음을 봅니다.

내가 줏어 모은 꽃들은 제절로 내 손에서 땅 위에 떨어져 구을르고

또 그런 마음으로밖에는 나는 내 시를 쓸 수가 없습니다.

—「나의 시」,『서정주 시선』(전집 1), 135쪽.

이것은 쓰기는 해방된 뒤 얼마 지나서야 쓴 것이지만, 이 시 속의 친척 부인은 바로 우리 장모님 그분이다.

결혼한 이듬해던가. 첫봄에 내가 잠시 시골집에 들러 있는 동안에 정읍에서 장모님이 찾아와서 나는 우리 식구들과 함

께 그분을 모시고 고창 모양성 안을 구경시켜 드리다가 어느 크고 오랜 동백꽃나무 밑에 다다랐다.

봄마닥 여러 백 송이의 꽃을 보이는 이 동백꽃나무는 인제 그 꽃들의 반쯤만을 지탱하고 있고, 그 반쯤은 땅 위 풀밭에 떨어트려 놓고 있었다. 그 나무 밑 풀밭에 장모님은 아조 잘 어울리게 조용히 가서 앉아 주셨다.

이분에겐 이런 앉을 때의 조화가 늘 있어, 내가 그 뒤 늘 내 아내에게서도 그것을 찾아보려고 눈여기곤 한 까닭이 되었었지만, 나는 그때 이 조화가 좋아 위의 시에서 보인 대로 그분의 상복 아닌 소복의 하얀 치마 위에 그 풀밭 위의 낙화들을 줏어다 놓아 드렸다.

—「조선일보 폐간 기념시」, 『문학적 자서전』(전집7), 61쪽

명시는 이렇게 탄생한다. 시에는 친척 부인이라고 쓰지만 실제론 "거 장모님은 제 처보다 훨씬 미인이시군요."의 그 장모님이다. 젊은 시인은 장모님의 우아한 자태에 홀린다. 주위는 온통 아름답고 서럽다. 때는 만물이 소생하는 신록의 봄인데 저놈의 동백은 어쩌자고 모가지 째로 공중에서 뛰어내리나.

풀밭 위에 떨어진 흥근한 낙화. 핏물 뚝뚝 떨어지는 듯한 목숨이 안쓰럽다. '흥근한'이라는 형용사가 동백꽃에 가서 달라붙는다. 사람 목숨이나 꽃송이 목숨이나 다를 바 없다. 목 떨어져 바닥에 피가 흥건하게 고이는 순간 새신랑은 보살이

된다. 꽃을 피운 하늘의 부분이 어디인지를 아시기나 하는 듯한 부인에게 꽃의 목숨 구해 달라 간청한다. 연민의 마음이고 구원의 발원이다. 시도 그렇게 써야 한다. 지상에 받아줄 사람 아무도 없어도…. 보살행은 안 끝나는 머나먼 길의 노래다. 시가 보살행이다.

이 동백나무가 지금도 있으면 좋을 텐데…. 1991년에 쓴 산문「나의 시」를 보면 모양성 안의 그 동백이 없어졌다고 했다. 베지 않고 어디라도 옮겨 심었으면 정말 좋을 텐데….

> 이 친척 부인이 지금도 살아 계시다면, 또 한 번 봄에 그분을 모시고 성안의 동백꽃 낙화들을 주워다가 그 펼친 치마폭에 바쳐 담아 드리고 싶다. 그러나 그분은 늙어서 돌아가신 지 오래고, 성안의 큰 동백꽃나무도 웬일인지 없어지고, 그 빈터만이 남아 있는 걸 나는 몇 해 전에 보았다.

나와 꽃과 부처가 하나가 되는 '꽃의 도道'

나무가 있던 자리. 그 빈 터를 가늠하면서 나는 미당의 다른 시 구절을 읊조려 본다.

> 이것은 꽃나무를 잊어버린 일이다.
>
> (…)

이 꽃나무는 시방 어데 가서 있는가.
그러고 그 씨들은 또 누구누구가 받어다가 심었는가.
그래 어디어디 몇 집에서 피어 있는가?

—「무無의 의미」, 『동천』(전집 1), 257쪽.

이 꽃나무는 지금 어디 갔는가. 시인이 시를 쓰던 동백꽃나무는 시방 어데 가서 있는가. 꽃씨 속에 인연을 남긴 채 하늘로 이사 갔을 테지. 시인은 꽃나무 어미 이사 간 하늘 주소를 헤아린다. 떨어진 꽃송이 자식들도 그리 보내고 싶다. 누군가 도와야 한다. 시인과 여인은, 사위와 장모님은, 때마침 동백나무 그늘 밑이다. 치마 위에 손이 온다. 하얀 치마가 펼쳐지고 그 위에 붉은 꽃손이 다가온다. 공중에서 합창 소리가 들린다.

가세, 가세,
반야용선 올라타서
서럽지 않은 세상
가고 또 가세.

오세, 다시 오세,
하늘꽃밥 내려와서
머리에 또 가슴에
꽃나무로 살아보세.

꽃이 지기로서니 그 혼을 하늘로 올려 보내는 일이 끝은 아니다. 극락왕생하면 무엇 하나. 하늘 주소로 올라간 꽃이 다시 내려오기도 한다. 불경엔 '성스러운 순간'의 증거로 하늘에서 꽃잎이 흩날리는 대목이 많이 나타난다. 경전 속에만 있는 모습을 실제로 겪어볼 순 없을까? 시인은 세계 여행 중 피지의 수바 식물원에서 키 큰 꽃나무가 높은 하늘에서 꽃송이 떨어뜨리는 걸 본다. 종교적 의미의 '거룩한 순간'이 아닌 생명의 '정기'와 인간 '정신'이 하나가 되는 경지를 체험하는 것이다. 그러고는 '하늘의 꽃밥 때'라는 독특한 상상을 불경으로부터 가져온다.

이 수풀 사이의 길을 가면 이름 모를 키 높은 나무들은 새빨간 꽃들을 우리 위에 자주 떨어뜨리고도 있어 나는 불경에서 읽었던 '하늘의 꽃밥 때化供養時'를 여기서 실감했다. 입으로 꽃을 밥같이 먹는 게 아니라 떨어지는 꽃의 정기를 우리의 정신

으로 받아들여 그 꽃 똑같이 되어 버리는 그런 때 말씀이지. 내 아내도 그런 걸 느꼈는지 낙화하는 꽃들을 조용히 주워 모아서는 내 손에 건네주기도 했다.

—「수바 식물원의 하늘의 꽃밥 때」,『방랑기』(전집15), 404쪽.

부처님께 정성을 바치는 행위가 공양이다. 음식, 향, 꽃, 차, 음악 등 종류도 많다.『법화경』서품에 부처님이 영축산에서『법화경』을 설법하실 때 하늘에서 꽃잎이 꽃비가 되어 무수히 내렸다 한다. 이른바 천화天花인데 33천의 천왕들을 비롯한 제신들이 부처님과 그 가르침을 듣는 대중들을 위해 내리는 신성한 증거다. 하늘의 꽃이 지상에 내리는 또 다른 조건은 부처님의 공덕에 의한 경우다. 부처님이『법화경』을 설하기 전에 먼저『무량의경』을 설할 때 여섯 가지 상서로운 증거가 나타난다. 하늘의 꽃은 그 가운데 하나다. 그래서 하늘의 꽃은 곧 '부처를 위한 꽃'이 아니라 '부처에 의한 꽃'이 된다.

나는 '부처가 곧 꽃이고, 나 자신이 곧 꽃'이라는 해석이 더 좋다. 시인은 '하늘의 꽃밥 때'를 '입으로 꽃을 밥같이 먹는 게 아니라 꽃의 정기를 우리의 정신으로 받아들여 그 꽃 똑같이 되어 버리는 그런 때'라고 한다. 꽃을 부처로 바꾸어도 똑같은 구조다. 멀리 외국 타지 식물원을 산책하다가 공중에서 떨어지는 꽃을 보면서 나와 꽃과 부처가 하나가 되는 '꽃의 도'를 문득 깨닫는다. 평생 꽃을 사랑하고 시로 만든 시인이 도달한 마지막 경지다. '하늘의 꽃밥 때'는 서러운 동백의 목숨이 하늘로 올라갔다가 다시 내려오는 때다. 상구보리[上求菩提. 위로 깨달음을 얻음]한 마음이 천상에 머물지 않고 하화중생[下化衆生. 아래로 사람들을 이롭게 함]을 위해 이 지상으로 다시 내려오려는 발원의 실천이다.

'하늘의 꽃밥 때'는 꽃과 사람, 삶과 죽음이 경계를 허물고 하나가 되는 체험이다. 경전에 묘사된 세계를 실제 삶의 체험으로 재구성한다. 그렇게 함으로써 경전이 특별한 세상이 아니라 지금 여기의 보편적 세상이라는 점을 확인한다. 오십 년 전 읽은 경전 구절이 오십 년 후에 이해되는 것이다. 극락이나 아미타정토가 다른 데 있지 않다. 지금 여기가, 이 순간이 극락이다. 천국은 공간이 아니라 시간이다.

「나의 시」는 좋은 시다. 그냥 보아도 좋고 사연을 알고 보면 더 좋다. 우리 속담에 사위사랑 장모라는데 시인 사위에겐 장모사랑도 남다르다. 이귀향 여사는 동백꽃의 서러운 목숨을 구원하는 보살로 재탄생한다. 뿐만 아니다. 그녀는 미의 여신으로 문학사에서 영생한다. 꽃과 여인, 연민과 체념이 만나 명시가 태어난다. 비장한데 숭고하고 처연한데 아름답다.

여기는 고창읍성 풀밭이다. 어디쯤일까. 동백나무 있던 자리를 상상해본다. 사위가 장모 치마폭에 동백꽃잎 주워 담아드리는 장면을 꿈처럼 본다. 흑백필름인데 동백꽃 송이만 유난히 빨갛다. 이제 어느 손이 있어 이 목숨들을 주울까. 정성스레 주워서는 아름다운 부인의 펼쳐진 치마폭에 올려놓을까.

동리 국악당

고창은 전통음악의 고장이다. 판소리를 집대성한 동리桐里 신재효1812~1884의 고향이고 그를 기리는 동리국악당이 있다. 고창읍성 옆이다. 동리는 재산이 넉넉한 중인 출신의 음악 애호가다. 판소리 여섯 마당의 사설을 정리하여 편술한 공로가 크다. 그는 많은 제자를 기르고 명창을 후원했으며 고창을 예향의 중심으로 만들었다.

그래서인지 전라도 예인들은 음악에 밝다. 미당도 풍성한 음률 속에서 자랐다. 신재효로부터 직접 영향을 받지는 않았으나 그의 『춘향전』을 좋아했다. 동리가 편술한 책과 이 책을 토대로 한 판소리 공연은 19세기 조선의 신종 공연기획이었다. 마당판에는 사람들이 구름처럼 몰려왔고 명창들은 단순한 재인才人이 아니라 당대 최고의 스타였다. 최고의 히트작은 『춘향전』이다. 뜨거운 사랑 이야기, 탐관오리 혼내는 이야기, 절개 지키는 이야기, 신분 초월 이야기가 결합해서 민중들의 열렬한 사랑을 받는다. 시인도 춘향을 향한 열망으로 시를 여러 편 만든다. 대표작이 「추천사鞦韆詞」다. '그네의 노래'란 뜻이다.

자유를 그리워한 춘향의 마음을 그린 「추천사鞦韆詞」

향단아 그넷줄을 밀어라
머언 바다로

배를 내어밀듯이,
향단아.

이 다수굿이 흔들리는 수양버들 나무와
벼갯모에 뇌이듯한 풀꽃데미로부터,
자잘한 나비 새끼 꾀꼬리들로부터
아조 내어밀듯이, 향단아.

산호도 섬도 없는 저 하늘로
나를 밀어 올려다오
채색한 구름같이 나를 밀어 올려다오
이 울렁이는 가슴을 밀어 올려다오!

서으로 가는 달같이는
나는 아무래도 갈 수가 없다.

바람이 파도를 밀어 올리듯이
그렇게 나를 밀어 올려다오
향단아.

—「추천사鞦韆詞」, 『서정주 시선』(전집 1), 130~131쪽.

『춘향전』 도입부의 춘향이가 그네 타는 장면을 시로 만들었다. 집안에만 꼭꼭 숨어 있던 규중처녀가 오랜만에 외출하여 그네를 탄다. 시인은 자유를 만끽하고 싶은 춘향이의 속마음을 보여준다. 이 대목을 신재효는 어떻게 펼쳐 보일까. 객관적으로 관찰한다. 해설자의 눈이라고는 해도 어쩐지 이몽룡의 시선이 느껴진다. 서정주도 신재효도 이 대목에선 우리말의 절창을 겨룰 심산이다.

> 버드나무 숲에서 우는 저 꾀꼬리, 벗 부르는 소리하며, 꽃밭의 흰 나비, 향기 찾아 춤을 춘다. (…) 주변을 둘러보니 희고 붉게 꽃이 흐드러졌는데, 어떤 계집아이 간드러지게 놀고 있다. 맵시 있게 생긴 아니, 모양 있게 생긴 아이, 귀염 있게 생긴 아이, 색기色氣 있게 생긴 아이, 눈물 나게 생긴 아이, 정신 놓게 생긴 아이, 그네를 타려할 제, 기나긴 그넷줄을 휘어진 벽도碧桃 가지 마냥 휘휘친친 감아 매고, 선뜻 올라 발구를 제, 한 번 굴러 앞이 높고, 두 번 굴러 뒤가 높아 앞뒤 점점 절로 높은 나무 가지런한 사이를 뛰어넘는 말처럼 오락가락 노는 거동 사람 창자 다 녹인다.
>
> —「춘향가 동창童唱」, 『신재효 판소리 사설집』, 민속원, 2012, 77~78쪽.

> 백백홍홍 난만중爛漫中에 어떠한 미인이 나온다. 해도 같고 달도 같은 어여쁜 미인이 나와 저와 같은 계집아이를 앞을 세우고 나온다. 장장채승長長彩繩 그넷줄 휘느러진 벽도碧桃가지 휘휘 칭칭 감어매고 섬섬옥수纖纖玉手 번 듯 들어 양 그넷줄을 갈라 잡고 선뜻 올라 발 굴러 한 번을 툭 구르니 앞이 번 듯 높

았네. 두 번을 구르니 뒤가 점점 멀었다. 머리위에 푸른 버들은 올을 따라서 흔들 발밑에 나는 티끌은 바람을 쫓아서 일어나고 해당화 그늘속의 이리 가고 저리 갈 제 그때의 도련님 살펴보시더니 마음이 으쓱 머리끝이 쭛빗 어안이 벙벙 흉중이 답답 들숨날숨 꼼짝딸싹을 못허고 눈을 번히 뜨고 방자를 부르는디,…

—『만정판 춘향가』

신재효가 정리한 사설엔 국어의 생동감이 넘친다. 한자 투성이의 남창男唱에 비하면 동창童唱은 우리말 순도가 훨씬 높다. '기나긴 그넷줄을 (…) 휘휘친친 감아 매고, 선뜻 올라 발구를 제, 한 번 굴러 앞이 높고, 두 번 굴러 뒤가 높아…'『만정판 춘향가』도 비슷하다. '머리위에 푸른 버들은 올을 따라서 흔들 발밑에 나는 티끌은 바람을 쫓아서 일어나고 해당화 그늘속의 이리 가고 저리 갈 제 그때의 도련님 살펴보시더니 마음이 으쓱 머리끝이 쭛빗 어안이 벙벙 흉중이 답답 들숨날숨 꼼짝딸싹을 못허고….' 쉬운 우리말이다. 사농공상士農工商 누구나 알아듣는 아름답고 기품 있는 생활국어다.

파릇파릇하고 고슬고슬한 미당 시의 대자유의 세계

미당 시는 어떤가. 판소리 사설에 뒤질세라 우리말을 한결

동리 신재효 고택

동리 신재효 가비

더 다듬는다. 모국어의 성찬 앞에서 낭송을 해보면 전라도 사투리가 입에 착착 감긴다. '이 다수굿이 흔들리는 수양버들 나무와 벼갯모에 뇌이듯한 풀꽃데미로부터, 자잘한 나비 새끼 꾀꼬리들로부터 아조 내어밀 듯이, 향단아.'

춘향이의 목소리가 독자의 몸을 달군다. 그녀는 다수굿이 흔들리는 수양버들 나무였다가 벼갯모에 뇌이듯한 풀꽃데미가 되기도 한다. 나무와 풀꽃에 꼬여드는 자잘한 나비 새끼 꾀꼬리들의 잔치판. 이게 오욕칠정의 세상이다. 시는 거기로부터 벗어나 대자유의 세계를 맛보고 싶은 규중처녀의 마음을 표현한다.

어느 모국어가 이처럼 파릇파릇하고 따끈따끈하며 고슬고슬할 것인가. 관념어가 아닌 민중의 생활어를 흘러가는 가락 속에 표현하는 것은 판소리 사설이 압권이다. 그 전라도 정신, 동리 신재효의 열정이 문화의 핏줄을 타고 「추천사」에도 이어져 내려온다. 미당은 『춘향전』의 무대를 아예 고창으로 옮겨오고 싶어 한다.

> 나는 모양성에 오를 때마다 조선 왕조 말기의 이곳 태생인 오위장 신재효의 그 생활의 고소한 깨 흐뭇이 쏟아지는 창극 『춘향전』을 생각하곤 하지만 사실은 춘향이는 휑한 벌판 남원에서보다 이 모양 근방에서 인연이 닿아 태어났더라면 더 잘 어울렸을 것 같다. 『춘향전』에 보이는 그 짓거리들을 이 성을 오르내리며 바름바름 전개하였더라면 아주 더 좋게 어울렸을

성만 싶다.

—「전라도 자랑」, 『떠돌이의 글』(전집 8), 317~318쪽.

청춘남녀의 밀고 당기는 사랑놀이와 음풍농월의 배경지로 남원의 휑한 벌판보다는 고창의 아기자기하고 단아한 모양성을 선호한다. 음악에 조예가 있어 한 풍류 할 줄 알아야 가능한 이야기다. 신재효의 판소리를 좋아하다 보니 미당은 그의 생가 터도 좋고 모양성도 음악같이 느껴진다.

미당은 어려서부터 소리를 많이 접하며 자란다. 질마재 마을 서당 소년은 뜻도 모른 채 당나라 시인 이백의 「아미산월가」를 읊조린다. '아미산월반륜추, 영입평강강수류…'. 암송이고 노래다. 시를 노래처럼 왼다. 음률이 있다. 나이 팔순 지나도 똑같이 한다. 소리가 세포에 들어박혀 그대로 생명이 된다. 이런 아이에겐 뻐꾹새 소리가 개울에 어린 구름 속에서도 들리고 파도 소리가 소라껍질 속에서도 난다.

외할머니의 이야기책 구술공연 소리, 서너 살 손위 마을 청년 증운이가 읽어주는 『춘향전』의 결정적인 대목은 교사와 학생 사이에 일어나는 '듣기 활동'의 교육 효과를 생생하게 보여준다. 외할머니는 이야기책을 그대로 외서 들려주기 때문에 이야기꾼이 여러 역할을 해야 한다. 듣는 이에겐 한 사람 속에 여러 사람이 들어 있다는 게 마법이다. 사건이 전개되면 가슴이 울렁거리고 손에 땀이 난다. 마치 내가 사건 속에 있는 듯하다. 허구의 세계지만 이 세계도 엄연히 존재한다고 느낀다. 문자가 아니라 말소리로 존재하는 세계다. 귀가 예민해진다.

증운이와의 만남은 방황하던 청년 시절에 배 타고 떠돌 때의 경험이다. 주꾸미 잡으러 나간 배 위에서 증운이는 소리내어 『춘향전』을 읽는다. 낭랑한 목소리다. 듣는 서정주의 눈이 극도로 밝아진다. 책 속의 춘향이가 '생생한 혈액의 향내를 풍기우며 바다에 그득히 살아나는' 체험까지 한다. 읽기를 잘하면 배우가 되고 듣기를 잘하면 귀명창이 된다. 시인이 되려면 소리에 예민해야 한다.

증운이는 몇 해 뒤 바다에 나가서 돌아오지 못했지만 시인 서정주의 기억 속에서 오래도록 산다. 인간의 상상이 만들어낸 허구의 인물[춘향]을 실제처럼 만드는 솜씨가 있기 때문이다. '실제처럼'이란 '실감나게'란 뜻이고 인간의 오감으로 경험이 가능하다는 의미다. 가짜 이미지인데 몸으로 체험이 가능하다는 뜻이다. 춘향이 이야기를 읽어나가는 데 옆에서 들으니 '목소리의 세계'가 실제 세계처럼 착각이 들 정도로 내 몸의 오감이 반응하는 경지다. 이 정도면 읽기의 예술이다.

슬픔의 강물을 흐르는 징그럽고 아름다운 세계

소리꾼 이야기를 조금 더 해보자. 미당이 좋아하는 '밝은 슬픔의 소리'. 이 소리는 김영랑 시에 나오는 '찬란한 슬픔'의 소리다. 동리의 고향 후배답게 미당은 명창 소리를 좋아한다. 한 번은 김영랑 집에서 축음기를 틀어놓고 이화중선1898~1943을 함께 듣는다. 이화중선은 장득주, 송만갑, 이동백에게 배운 여류 명창이다.

들은 소감이 어떠신가? 무슨 서러움의 짙은 안개나 자욱한 이끼가 낀 것처럼 답답하고 아득하군요. 그래도 이 나라에서 제일 슬퍼 못 견딜 소리지. 이번엔 동생 이중선 소리도 들어볼까? 어떠신가? 언니 소리와 다르게 생기가 좀 있군요. 그래. 촉기가 있지. 사람은 아무리 서럽고 비참해도 촉기가 있어야 해.

미당은 이 말을 듣다가 영랑 시의 본질이 촉기라고 생각한다. 서럽기는 하나 암담하지 않다. 싱싱한 슬픔이자 밝은 슬픔이다. 뿐인가. 촉기가 '어떤 큰 가뭄에도 말라비틀어지지 않고 살아온 우리 민족정신의 가장 큰 힘'이라는 데까지 생각이 미친다. 영랑은 이중선 소리에서 촉기를 느끼지만 미당은 아직 앳되게만 느낀다. 밝은 슬픔의 소리를 내는 진짜 소리꾼을 잊을 수 없기 때문이다. 그녀는 고창 흥덕 출신의 김남수다.

> 또 나는 내가 난 고장의 일이라서 그러는 게 아니라 내 시의 생리로, 내가 이 세상에 태어나 살아온 뒤 들은 모든 노래들 가운데서 이곳 고창 흥덕 태생인 김남수 애기씨의 노랫소리 레코드판을 가장 뼈에 닿게 좋아하는 자이다. 그 참 너무나 밝게는 서러운 달빛 같은 소리—이 세상의 온갖 설움의 가지들

이 나긋이 휘어질 만큼 너무나 밝은 그 슬픔의 소리를 남수 애기씨밖에 또 내는 사람을 나는 아직도 모른다.

—「전라도 자랑」,『떠돌이의 글』(전집 8), 318쪽.

'참 너무나 밝게는 서러운 달빛 같은 소리'란 어떤 소리인가. 미당은 김남수류의 소리가 '내 시의 생리'라고 했다. 징그러움과 아름다움, 웃음과 울음, 병든 건강, 슬픔과 기쁨이 뒤섞인 역설의 세계가 자기 시의 본질이라는 이야기다. 슬픔의 강물과 같이 흘러가는 두견새 소리. 고창 월곡리 대숲 초당에서 밤이면 밤마다 하염없이 울어대던 소쩍새 소리. 그 슬픔의 소리가 밝은 슬픔의 소리로 바뀌는 경험을 시인은 오십 년쯤 지난 뒤에 한다. 아프리카 여행 때다.

김남수레코드 '못밋겟네' (자료제공:배연형)

김남수레코드 '춘하추동' (자료제공:배연형)

햇빛이 늘 너무나 밝고 뜨거우면은
슬픔도 슬픔대로 꽃봉오리가 돼
찬란한 꽃으로 피어나는 것일까?

서러운 두견새의 서러운 소리도
아프리카 케냐의 나이로비쯤에 오면
이미 싱그러운 꽃숭어리가 되어서
따로 서러울 것도 없이만 되는 것을
나는 한밤중
나이로비 마사이 족의 마을에 와서
난생처음으로 비로소 알게 됐다.

「모란이 피기까지는」의 우리 시인
영랑 김윤식이
내 곁에서 함께 들었으면 싶어졌다.
그가 말한 '찬란한 슬픔의 봄'의
"그 슬픔이 어디 따로 남았느냐?"고
나직이 다우쳐 물어보고 싶어졌다.

만 송이의 새 모란꽃 불 밝혀 피는 듯한
아프리카 마사이 마을의 화창한 두견새 소리
그 소리에 얼려 들어 뒤뚱거리고 섰다가
'큰 슬픔은 큰 기쁨일 수도 있다'는 걸

나는 새로이 깨닫게 됐다.

—「나이로비의 두견새 소리」, 『서으로 가는 달처럼…』(전집 2), 251~252쪽.

* 아프리카 케냐의 시골에서 밤에 많이 우는 두견새 소리는 우리나라 것과 같으면서도 그 싱싱한 비非비극적인 인상으로 나를 새로이 감동케 했다.

큰 슬픔이 큰 기쁨이란다. 깨달음이다. 선불교에서 이야기하는 '한 소식'이다. 슬픔이 기쁨이면 지옥은 극락이고 번뇌도 열반이다. 양 극단이 없어지는 불이불이不二不異다. 처연하게 슬퍼야 밝게 웃을 수 있다. 세상 좋을 것도 없고 나쁠 것도 없다. 둘이 아닌 이치다. 공空이다.

모순투성이의 사바세계가 문학하는 이에겐 상명당이다. 마음을 그렇게 먹으면 세상도 그렇다. 두견새 소리에 가슴 사무쳐 본 청년이 칠순 노인이 되어 그 소리의 화창함을 새로 깨닫는다. 밝은 슬픔이다. 가객 김남수의 소리. 서럽고 처연한 민족의 슬픔을 노래하는데 밝은 달빛 같은 느낌이다. 시인은 소리 속에서 한 소식 깨닫는 중이다.

시는 소리가 팔할이다

미당은 악기 소리에도 밝다. 가야금을 좋아했다. 좋은 선생한테 배워 본인이 연주할 줄도 알았다. 시는 소리가 팔할이다. 소리에 예민해야 시의 고향에 이른다. 의미만 전달하면 산문이다. 시는 의미를 겹겹이 감추어 여러 가지로 해석 가능하게 한다. 함축이다. 함축을 하되 소리에 마법을 걸어야 한다.

섭섭하게,
그러나
아조 섭섭치는 말고
좀 섭섭한 듯만 하게,

이별이게,
그러나 아주 영 이별은 말고
어디 내생에서라도
다시 만나기로 하는 이별이게

연꽃
만나러 가는
바람 아니라
만나고 가는 바람같이…

엇그제
만나고 가는 바람 아니라
한두 철 전
만나고 가는 바람같이…

—「연꽃 만나고 가는 바람 같이」, 『동천』(전집 1), 242쪽.

여기 나오는 '하게'와 '이게'가 주술 걸린 언어다. '섭섭하게'는 일상어지만 '이별이게'는 시적 언어다. 주술 걸린 시적 조어는 문법을 예사로 파괴한다. 자유다. 파괴해서 기뻐야 진정한 자유다. '이별이게'가 그렇다. 일상 규범을 벗어나야 마법 세계가 펼쳐진다. 일상을 벗어나도 소리의 규칙을 지키는 게 중요하다. 운韻이다. 둘 이상의 소리가 맞춤의 조화를 이루어야 한다. '섭섭하게'와 '이별이게'도 조응이지만 '섭섭하게'와 '섭섭한 듯만 하게'도 조응이다. 이것이 이 시의 전반부의 짝맞춤 소리다. 후반부는 '바람같이…'가 두 번 반복된다. 전반부의 주요 운 사이에 보조 운이 얌전하게 서 있다. '말고'다. '말고'는 춘향이 옆에 선 향단이 같다. 주연급 소리는 아니지만 감칠맛 나는 조연급 소리다. 소리를 이렇게 배치하는 게 좋은 연출이다. 시는 구성과 배치에 노력이 필요하다. 일부러 지은 티를 내면 안 된다. 천의무봉 솜씨로 운韻을 다루어야 한다. 시인은 운객韻客이다.

운객은 가야금꾼의 다른 이름이다. 미당은 가야금 명인을 이렇게 부른다. 줄을 퉁겨 소리를 내는 시인이라는 뜻이다. 뜯고, 퉁기고, 누르고, 눌러 흔드는 일련의 동작들이 천변만화의 소리를 만든다. 고저와 장단과 강약과 농현이 몸에 배어야 좋은 운객이다. 미당은 젊어서부터 가야금을 배웠다. 선생이 넷이었다.

처음 선생은 미사 배상기. 미사는 그에게 미당이라는 호를

지어준 중앙고보 선배다. 심심산골 출신인데 서울에 올라와 학교를 힘들게 다니며 당대의 재자가인才子佳人들과 교유하던 기이한 천재다. 미당을 석전 박한영 스님께 인도하여 '내 살과 뼈를 데워준 스승'으로 모시게 한 이도 배상기다. 미사는 문학을 좋아해서 한시에 밝았고 일본 소설도 두루 많이 읽었다. 미당의 시를 좋아했다. 형 없는 미당에게는 큰형 같은 존재였다. 미당은 미사에게서 농현弄絃의 신묘함을 배웠다. 듣는 즐거움이었다. 미사는 미당의 귀 교육 선생이다.

신申쭐거리는 재미난 이름이다. 그 연원은 모르는데 전라도 시골사람이다. 생계를 위해 막걸릿집을 열었으므로 술집주인이지만 실제론 재인才人이다. 뛰어난 가야금 연주자도 1930년대까지 미천한 신분으로 취급받았다. 사람들이 하대했다. 신쭐거리란 이름도 하대의 표시 아닌가 싶다. 미당은 고창에 사는 동안 신쭐거리에게 예를 갖추어 대한다. 예술가란 그렇다. 자기를 알아주는 이에게는 성심을 다한다. 미당이 그리워 30분을 걸어 미당 집에 와서는 공짜 연주를 들려준다. 자기 집으로 미당을 초대해서 외상 막걸리를 주면서 또 공연을 베푼다. 즉석공연이고 바짝 옆에서 듣는 환장할 시간이다. 군색한 장소지만 좋은 귀를 가진 이에게 베푸는 하우스 콘서트다. 가야금 소리가 몸에 스미고 또 스민다.

이행진은 가야금 고수다. 기생학교에서 강사 생활을 하며 천지를 유랑하는 중이다. 그가 정읍에 와 있다는 말을 듣고 미당은 일부러 찾아간다. 1942년의 어느 가을 오후 세시쯤 유랑 고수는 하숙집에서 낮잠을 즐기는 중이다. 자다 말고 일어나 미당을 처음 보고는 '여기 같이 누워서 좀 쉬자'고 한다. 미당도 개의치 않고 그 옆에 누워 한 시간쯤 잔다. 자기를 부르는 그 음조가 조금도 멀리하는 눈치가 없는, 너무나 육친적이라는 이유 때문에 미당은 몸과 마음의 피곤을 다 풀어버린다. 꾼들은 처음 보아도 서로 허물이 없다. 혈육처럼 느낀다. 낮잠 뒤의 가야금 소리는 어땠을까. 미당은 「운객韻客 네 분」이라는 글에서 이행진의 가야금 소리를 묘사하지 않는다. 다만 일류 연주가를 일부러 찾아가는 대목만 슬쩍 보여준다. 피곤부터 풀어내고 보자는 느긋한 태도다. 이행진의 가야금 가락을 상상하는 건 독자의 몫이다. 예술의 고수들 사이엔 나이나 신분이 중요하지 않다. 육친혈육 같은 피의 부르는 소리가 이들을 서로 잇는다. 1942년 가을이라 했으니 아버지 여의고 49재 지내는 언저리였을 것이다.

김득후는 선친 서광한의 죽마고우다. 한국전쟁 피난 시절인 1951년 전주에 있을 때 미당은 날마다 찾아가 풍류곡을 배운다. "나 있는 동안에 이거나 하나 잘 배워 두어라." 미당의 농현이 시원치 않으면 뜰에 내려 한련초 꽃밭에서 빨간 열매를 따 먹인다. 교수법이 특이하다. "매큼하니 괜찮지? 옛날은 저 꽃으로 김치도 많이 담갔지만, 요새야 어디 그렇다고?…." 매큼한 맛을 소리로 바꿔보란 뜻이다.

아름다운 꽃과 아름다운 연주의 고향은 영원하다

미당의 시는 그가 몸에 익힌 음악과 무관하지 않다. 이화중선과 이중선과 김남수의 음색에서 느낌을 익히고 가야금 연주를 통해서 한국의 전통 소리를 몸에 실었다. 동리 신재효의 그늘이라 말해도 좋을 것이다. 이것이 고창의 전통이자 정서 아닐는지.

미당 생전에 가야금과 관련한 대화를 나눈 적이 있다.

"가야금은 어느 정도 하셨습니까?"

"산조散調 전이야. 젊었을 때 조금 배운 걸 나이 들어서도 가끔 하는 정도지."

산조 수준까지 가지 않았으면 전문 연주가는 아니다. 소리를 들어서 자기 피와 숨으로 바꾸면 되지 수련을 거듭해 소리를 만들지는 않는다는 태도다. 가야금 소리가 시인의 피와 숨으로 바뀌면 무슨 일이 일어나는가. 언어로, 문자로, 소리로 나타난다.

춘향이
눈섭
너머
광한루 너머
다홍치마 빛으로

피는 꽃을 아시는가?

비 개인
아침 해에
가야금 소리로
피는 꽃을 아시는가
무주 남원 석류꽃을…

석류꽃은
영원으로
시집가는 꽃.
구름 너머 영원으로
시집가는 꽃.

우리는 뜨내기
나무 기러기
소리도 없이
그 꽃가마
따르고 따르고 또 따르나니…

—「석류꽃」,『동천』(전집 1), 309~310쪽.

가야금 소리가 석류꽃을 피우더니 구름 너머 영원으로 간다. 석류꽃이 피는 건 영원을 향해 시집가려는 거다. 우리는 영원을 향해 석류꽃을 따라가는 뜨내기 인생. 아름다운 꽃과 아름다운 연주의 고향은 영원이다. 가야금은 영원으로 가는 악기다. 네 사람의 운객에게 배워서 미당은 가야금을 영원의 나라로 보낸다. 가야금을 좋아하는 시인의 특권이다. 예술은 영원이다. 영원의 이름으로 시와 꽃과 가야금은 하나다. 가야금 소리를 시로 어떻게 바꾸나? 영원을 꿈꾸는 시인은 이 악기의 몸을 꽤나 어루만진다.

미당의 가야금은 서울 관악구 남현동 자택 2층 서재 한 구석에 비스듬히 세워져 있었다. 서재는 깊고 은은한 냄새가 배어 있었다. 묵향과 장미뿌리로 만든 파이프 담배 냄새였

미당 가야금 : 미당시문학관 2층 서재 재현실 내부

다. 그 가운데 가야금 나무 살 냄새도 조연급으로 났다. 시인 없는 빈 방. 나무 살 냄새 은은히 나는 가야금은 줄 하나가 끊어져 있었다. 그의 사후 고창군에 유품을 기증할 때 수선해서 보냈다. 질마재 마을 미당시문학관 2층 전시실에 가면 볼 수 있다.

선운사

수리봉에서 내려본 선운사

할머니의 한 해의 단 한 번의 나들잇집이었던 선운사.
대여섯 살짜리 나를 업으며 걸리며
시오리 산길을 걸어 당던 초파일의 선운사.
나는 거기서 늙은 할아버지 중 한 분을 보았는데
늙었으면서도 속눈썹이 계집애처럼 유난히 길고
그 안의 두 맑은 눈망울은
내 마을 친구 중에서도 제일 친한 친구 같아서
곧 안심하고 따라다닐 수가 있었다.
뒷날에 알고 보니 이이가 그 백학명 스님으로
만해도 하 답답하면 찾군 했던 바로 그분이었다.

—「백학명 스님」,『안 잊히는 일들』, (전집 3), 212쪽.

선운사는 미당과 인연 깊은 절이다. 어려서 할머니 손잡고 초파일날 연등 단 기억부터 난다. 거기 백학명1867~1929스님이 계셨다. 다섯 살짜리 소년 눈으로 보니 속눈썹이 유난히 길고 예쁜 할아버지 스님이다. 학명스님은 도가 높은 고승이다. 만해 한용운1879~1944도 존경하던 선지식이다. 둘은 띠 동갑. 학명이 만해보다 열두 살 손위다. 시절이 답답해서 가슴이 막힐 때면 만해는 학명을 찾기도 했다. 돌아와서는 한시를 남긴다.

세상 밖에 극락도 적으려니와
사람 새엔 지옥만 퍽 많습네다.
장대 위에 꼿꼿이 서 있는 꼴로

선운사 천왕문

선운사 대웅전

한 걸음도 앞으론 안 걸립니다그려.

世外天堂少　人間地獄多

佇立竿頭勢　不進一步何

—「양진암에서 떠날 때 학명스님에게 1」,『만해 한용운 한시 선역』(전집20), 106쪽.

지옥 같은 세상. 높은 대나무 꼭대기에 서 있는 고승에게 한 걸음 더 내딛기를 바라는 마음이다. 개혁불교, 실천불교의 주창자인 만해스님답다. 양진암은 고창군 고수면 은사리 청량산 문수사 대웅전 뒤편의 작은 암자를 말하는 듯하다. 학명스님은 전북 정읍의 내장사를 비롯해서 주로 호남의 여러 사찰에서 수행을 하신 분이니까 미당이 어렸을 땐 선운사에도 잠시 머물렀을 것이다.

선운사 — 백파, 석전, 만암으로 이어진 선불교의 명찰

선운사는 백파긍선1767~1852 스님이 주석하던 사찰이다. 백파스님은 화엄학과 참선에 정통했다. 교학과 선에 두루 밝은 법기法器다. 유학자이자 서예의 대가인 추사 김정희1786~1856가 존경했는데 백파가 입적하자 추사는 공들여 비문을 짓는다. '화엄종주백파율사대기대용지비華嚴宗主白坡律師大機大用之碑'다. 현재 선운사에 비석이 있다.

유학자와 고승 사이에 재미난 이야기가 있다. 추사는 백파에게 호를 두 개 지어준다. 하나는 석전石顚, 다른 하나는 만암曼庵이다. '둘 다 백파가 하시든지 아니면 상좌나 제자 중에 마땅한 임자가 있으면 주시오.' 전해진 편지 속 내용인데 백파는 임종 직전에야 제자들에게 펴 보이며 말한다. "석전과 만암. 이 두 호는 추사가 내게 준 것인데 나도 너희도 임자가 아닌 것 같다. 대대로 전해서 임자가 나타나거든 주어라." 좋은 이름부터 지어놓고 몇 대 후에라도 부처님 공부하는 큰 그릇이 나타나면 주라는 뜻이다. 7대를 내려가 석전石顚은 박한영1870~1948에게, 만암曼庵은 송종헌1876~1956에게 전해진다.

석전石顚은 '돌이마'다. 속뜻은 '금강석처럼 빛나는 지혜'다. 당대 불교계의 선지식 박한영 스님이 호의 주인이 된다. 박한영은 사통팔달 무불통지의 석학이다. 벽초 홍명희, 위당 정인보, 춘원 이광수, 육당 최남선 등 조선의 천재들이 스님 앞에 와서 한 수 접고 배웠다. 만암曼庵은 '아름다운 암자'라는 뜻이니 수행승의 본모를 철두철미 유지하는 송종헌에게 돌아갔다. 두 분 다 내장사와 백양사를 중흥시킨 호남불교계의 큰 그릇이자 근대식 교육기관인 중앙불교전문학교의 교장을 맡아 교육구국에 앞장섰다.

미당이 젊은 날 방황할 적에 잠시 거두어 가르치던 이가 석전스님이다. 미당은 열아홉 살에 석전스님 앞에서 머리 깎고 절 생활을 좀 했다. 몇 개월 하다가 그만두긴 하지만 인재를 중히 여기는 석전의 뜻에 따라 중앙불교전문학교에 들어가

백파스님 비석 : '화엄종주백파율사대기대용지비華嚴宗主白坡律師大機大用之碑'

공부도 하게 되며 후일 동국대학교 교수가 되기도 한다. 석전은 미당의 표현대로 '뼈와 살을 데워준 스승'이다.

석전이라는 호를 지어 백파에게 건네준 추사. 그 호를 받은 백파의 7대 법손인 석전. 석전의 제자인 미당. 이런 계보를 이어받았으니 선운사는 미당에게 예사 절이 아니다. 명훈가피가 내린다. 추사의 정신이 백파에게, 백파의 정신이 석전에게, 석전의 정신이 다시 미당에게 전해진다.

불교에서는 부처님 도움을 가피력加被力이라 한다. 눈에 두드러지는 도움을 현훈顯熏가피력이라 하고 언제 받았는지도 모르는 도움을 명훈冥熏가피력이라 한다. 우리나라 사찰에서 부처님께 아침저녁으로 올리는 〈예불문〉에 나오는 게 바로 명훈가피력이다. "유원 무진삼보 대자대비 수아정례 명훈가피력 원공법계 제중생 자타일시 성불도 唯願無盡三寶 大慈大悲 受我頂禮 冥熏加被力 願共法界 諸衆生 自他一時 成佛道". "오직 바라옵건대 다함없는 삼보께서는 대자대비하신 마음으로 저의 정성스러운 절을 받으사 은근한 가피력을 내려 주소서. 이 세상 모든 생명들이 너나없이 깨달음에 이르기를 바라나이다"라는 뜻이다.

명훈가피는 나도 모르게 도움을 받는 것이다. 그런데 아무 노력이 없으면 대가가 없다. 스스로 간절해서 삼매의 몰입 상태에 들면 그때가 부처님과 상통하는 때다. '부처님처럼' 되는 때다. 그러니 실은 부처님 도움이라기보다 자기 스스로 본래 가지고 있는 부처님 정신을 발휘하는 게 명훈가피력이다.

시작詩作의 마음, '그 씻긴 자리 새로 벙그는' 모습

미당은 간절한 마음이 시의 출발이라고 했다. 처음부터 끝까지, 신예 시인 때부터 원로 시인 때까지, 이 마음으로 시종 일관했다. 스스로 경험하고 마음에 감동이 오는 것만 시를 만들었다.

"시인의 자격 중 첫 번째는 보통 사람들을 대신해서 감동하고 그것의 세막細幕을 구체적으로 표현해서 자기가 느낀 감동 그대로를 사람들이 똑같이 느끼게끔 전달할 줄 알아야 한다는 데 있습니다. 그러므로 이 감동의 표현이야말로 시인이 가져야 할 덕목 중 가장 중요한 것입니다. 시라는 것은 새로운 감동으로 '발견'이 토대가 되어 쓰여져야 합니다. 감동의 발견은 곧 인생의 발견이고, 매력 있는 인생을 만드는 것이 시인의 임무입니다."

—「문학을 공부하는 젊은 친구들에게」, 『문학사상』, 1997. 5, 『전집』 11, 376쪽.

간절한 마음이 시에 이르면 도를 이룬다. 이시득도以詩得道다. 간절하게 바라서 몰입하게 되면 '부처님처럼'의 상태가 된다. 시인에게는 그것이 득도다. 추사의 문자향서권기文字香書卷氣도 전해졌을 것이다. 백파와 석전의 교학과 선기禪機도 스며들었을 것이다. 미당 시에는 이런 냄새가 많이 난다.

이 고요에

묻은

나의 손때를

누군가

소리 없이

씻어 헤우고

그 씻긴 자리

새로

벙그는

새벽

지샐 녘

난초 한 송이.

—「사경四更」, 『서정주 문학전집』(전집 1), 363쪽.

마음의 때를 씻어버리는 시간. 이제 막 새벽이 눈 뜨려는 때. 선악도 시비도 초월한 조용한 성찰과 관조의 시간에 피는 꽃. 거기 싱싱한 삶의 참 매력을 느끼는 태도는 '새로 태어나려는 이의 간절한 마음'이다. '그 씻긴 자리 새로 벙그는' 모습이야말로 불교수행의 시적 표현이다.

미당이 석전을 '뼈와 살을 데워준 스승'으로 모시는 것은 평생 처음 만나는 스승다운 스승이었기 때문이다. 비록 출가 수행자지만 석전은 미당에게 육친의 아버지처럼 자애로웠으며 미당의 시적 재능을 일찍이 알아본 교육자였다. “너는 아무래도 중이 되긴 틀린 모양이다. 학처럼 훨훨 날아다니는 시인이나 되려나 보다.” 당대 최고의 석학 추사 김정희가 공들여 지어준 석전石顚의 그 ‘밝은 머리’로 방황하는 제자의 앞날을 꿰뚫어본다. 선운사가 미당에게 어찌 고향의 평범한 절이기만 하겠는가. 해마다 짬이 나면 고향에 내려가 선운사엘 들

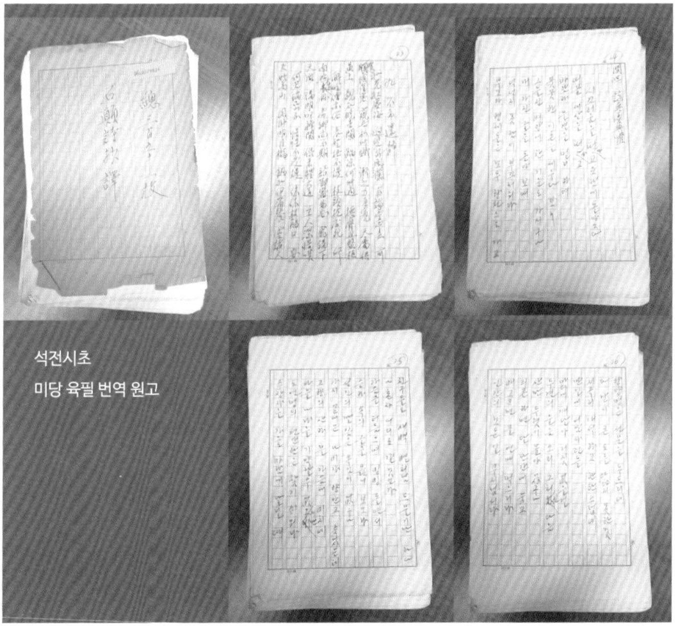

석전시초
미당 육필 번역 원고

른다.

미당은 스님이 되지는 않았지만 석전의 제자라면 제자다. 평생 존경하고 숭모했다. 석전 사후 석전이 남긴 한시들을 번역하고 싶어 했다. 당대 최고 시인 번역이니 맛이 다르다. 마침 만해 한용운의 한시도 발견되어 미당이 번역 출간한 터다. 석전의 한시집 『석전시초』를 번역해 원고지에 육필로 백여 수를 남겼다. 물론 미완성이다. 미당 사후에 유품을 정리하다가 이 원고를 발견했다. 나는 유족의 허락을 받아 동국대학교 건학 백주년이 되는 2006년에 동국대학교 역경원에서 서정주 번역의 『석전 박한영 한시집』을 출간했다. 석전에게도 미당에

석전 박한영 한시집 표지

게도 허락 받지는 못했지만 스승과 제자의 책 인연을 두 귀인께서도 하늘에서 너그러이 받아주시리라 생각했다. 이 번역시는 20권짜리 『미당 서정주 전집』의 마지막 권을 장식한다. 스승 생각하는 제자 마음을 이렇게나마 담았다. 나는 '뼈와 살을 데워준 스승'에 대한 미당의 유업遺業을 마무리하고 싶었다.

만세루, 버려진 것들을 살려낸 솜씨가 부처다

미당은 선운사 동백 못지않게 만세루를 좋아했다. 선운사 만세루는 창건 당시인 1500년 전부터 있었다 하나 현재의 사우寺宇는 조선 후기에 다시 세웠다. 법회나 강학을 할 만큼 넓고 크다. 요즘은 방문객들을 위한 다실茶室로 이용된다. 만세루는 목재가 부족한 시대의 지혜가 고스란히 반영된 특이한 건축이다. 나무는 가공하지 않은 자연 그대로 집의 일부가 된다. 이 자연미는 크게 주목을 받지 못하고 있는데 미당의 산문에 보면 한국 건축의 아름다움에 대한 외국인의 특별한 감회가 소개되어 있다. 『전집』 8권에 있는 「선운사」 산문이다. 각색해서 정리하면 이렇다.

> "이 집은 보통 집이 아닙니다. 무명 헝겊을 조각조각 꿰매어서 어떤 비단옷보다 더 곱고 훌륭한 옷을 짓듯이 지은 집입니다. 쇠붙이 하나 없이 못도 나무못을 치는데 토막토막 이어

만세루

만세루 내부

맞춘 들보 틈틈이 한 획의 허튼수작도 없습니다. 버려진 나무 토막의 예술입니다. 이런 예술품 만든 이들을 생각하면 저절로 고개가 숙여집니다. 감사합니다. 감사하고 또 감사합니다."

만세루는 한때 문이 굳게 닫힌 채로 창고 용도로 쓰였다. 2007년 5월 주지 법만스님이 지혜를 내어 잡다한 것들을 치워 온전히 비운 다음 다실로 만들어 사시사철 개방했다. 그러자 내부의 건축 모양이 고스란히 드러났다. 안에 들어가 둘러보면 무명 헝겊조각을 이어 붙여 비단옷을 만든다는 표현이 실감난다. 자연미의 극치다. 옛적에 도적들을 감화시켜 소금 굽는 법을 가르쳐준 창건주 검단선사의 마음 같이 생겼다. 버려진 나무도 이렇게 성스러운 나무가 된다. 하나의 도道에 이른 건축. 만세루를 보면 깨달음이 온다. 버려진 것들이 모두 부처다. 아니다. 그걸 살려낸 솜씨가 부처다. 그 쓰임새를 알아본 마음이 부처다.

동백꽃, 처연한 서러움이 와락 밀려드는 꽃

선운사의 명품 천연기념물은 동백이다. 겨울에 피지 않고 봄에 핀다. 이름은 동백冬栢이지만 실제론 춘백春栢이다. 4월 초순이 절정이다. 절정이 곧 임종인 꽃. 한창 화려할 때 꽃송이 째로 떨어진다. 화끈하고 처연하다. 삼라만상, 우주법계의 서러움이 와락 달려든다. 미당의 시를 읽으면 더 서럽다.

고창 선운사의 수만 송이 동백꽃이
핏빛으로 핏빛으로 떨어져 내려
봄의 풀섶들이 슬퍼 울게 하는 날은
고창사람들은 그 동백꽃 넋들이 너무나도 안쓰러워
하늘로 하늘로 두 손 모아서
그 넋들을 보내는 제사를 지낸다.

—「고창 선운사의 동백꽃 제사」, 『80소년 떠돌이의 시』(전집 5), 371쪽.

이 나라 사람들은 꽃을 위한 제사도 지낸다. 하늘 아래, 역사 이래, 참 별나다. 붉은 꽃. 지는 꽃. 송이 째 툭 떨어지는 꽃. 참수斬首 핏빛이 연상된다. 가장 아름다울 때 죽는 안쓰러운 목숨이다. 수만 송이 몸으로 지상에 뛰어내리는 저 벌건 숯불들은 이제 어디로 가나.

선운사에 가면 동백 숲을 봐야 한다. 대웅전 뒤편 비탈진 산기슭에 오백 살짜리 나무 백성들이 봄 소쩍새 우는 밤마다 빠알간 숯불 꽃송이 등불을 켜고 있다가 어느 아침 갑자기 뛰어내린다. 하필이면 화창한 하늘 아래서 핏빛으로 사바세계를 마감한다. 꽃 피고 지는 게 다 생사고해生死苦海다. 누구는 슬피 울고 누구는 안쓰러워하고 또 누군가는 그 넋들을 하늘에 올려 보낸다.

이 모든 과정이 고집멸도苦集滅道의 사성제四聖諦다. 아름다

운 꽃이 떨어지는 모습을 보는 괴로움[苦], 그 괴로움의 원인인 애착[集], 꽃들의 넋이 도달해야 할 니르바나의 하늘[滅], 거기에 도달하기 위해 두 손 모아 비는 수행[道]이 고스란히 드러난다. 1300년 전 신라가요 「죽은 누이를 기리는 노래 祭亡妹歌」의 환생을 보는 듯하다. 「제망매가」보다 형식은 간결하지만 연민의 내용은 죽은 누이에서 중생계 전체로 확장된다.

봄 풀섶은 생태계의 비유다. 수만 송이 동백꽃 송이들이 목 잘린 핏빛으로 뛰어내릴 때 주변 생명체들이 함께 울어주는 동체대비同體大悲의 세계가 여기 펼쳐진다. 자비慈悲와 공명共鳴과 정화淨化 catharsis의 장엄한 오케스트라다. 고창사람들은 자연의 본모本貌를 안다. 이들은 '꽃 제사'를 통한 자비의 실천 수행이 위대한 자연 교향곡의 주제라는 걸 깨닫는다.

'동백꽃 제사'는 실제로 행해지지 않는다. 제사가 있긴 해도 시인이 노래하는 자연의 본래 모습에 대한 동참과는 거리가 멀다. 청소년 축제에 다양한 문화행사들이 준비될 뿐 고품격 문화콘텐츠에 대한 기획이 아쉽다. 동백꽃 제사는 세계 최초의 꽃제사 의례다. 한국 전통문화의 생명사랑 사상과 미학을 보여줄 수 있다.

이 한 편의 시가 열 경전, 일만 문장 못지않다. 단순하고 짧은 형식 속에는 애끓는 목소리만 있는 게 아니다. 중생구제의 자비 보살행도 있다. 꽃의 넋을 기리는 제사는 세상에 대한 자비의 마음가짐이다. 생명을 사랑하는 태도다. 간절하게 사랑하면 '부처님처럼' 된다. 명훈가피를 입는다. 어느 하늘에선가 두 손이 스윽 내려온다. 그대 메마른 가슴에 빠알간 숯불 꽃송이 동백등불을 새로 달아준다. 등불은 초파일날 법당에만 다는 게 아니다. 저마다 제 가슴에 다는 거다. 이게 명훈가피력이다.

꽃무릇, 꽃과 잎이 평생 만나지 못할 상사相思로 얽힌 업

동백이 봄철 공연이라면 꽃무릇과 단풍은 선운사의 가을 공연이다. 꽃무릇은 9월에 절정으로 핀다. 주차장 입구부터 선운사 깊은 골짜기까지 가득하다. 일주문 안쪽의 부도탑 부근이 특히 아름답다. 꽃이 진 다음에 잎이 나온다. 꽃과 잎은 평생 만나지 못한다. 서로 그리워한다. 상사相思다. 사랑해서는 안 될 속세의 여인을 사랑한 스님이 죽어 상사초가 되었다는 전설이 있다. 상사로 얽힌 업이 다음 생에서도 이어진다. 둘은 서로 그립다.

가녀린 꽃대는 직선으로 곱게 뻗는다. 그 위에 붉은 실 같은 꽃이 여러 가닥으로 부풀어 오른다. 화려하고 찬란하다. 선운사 일원에 지천이다. 한 군락이 지면 다른 군락이 핀다. 한 달 가까이 꽃을 볼 수 있다. 절에 웬 꽃일까. 꽃무릇은 수선화과의 알뿌리 식물이다. 뿌리로 풀을 써서 경전 엮을 때 바르거나 탱화 보존에도 쓴다. 지금은 방문객들을 위한 관상용 쓰임이 더 많다. 아름다운 것은 누가 봐도 좋다. 미당의 미발표시 가운데는「아름다운 것은 슬픈 것이니라」도 있다.

> 아름다운 것은
> 슬픈 것이니라.
> 한없이 한없이

슬픈 것이니라.
슬픈 것이니라.

저 찬란한 봄꽃동산에서
끝없이 울어대는
서러운 서러운 두견새 소리를
들어 보아라.
들어 보아라.

더 없이 아름다운
꽃이 필 때는
두견새들의 울음소리가
바다같이 바다같이
깊어만 가느니라.

꽃무릇이건 동백이건 아름다운 순간은 잠깐이다. 잠깐이어서 아쉽고 아쉬워서 슬프다. 변치 않고, 오래가고, 기쁘기만 하면 아름답지 않다. 덧없어야 슬프고 슬퍼야 아름답다. 자연에서 배울 수 있는 건 생명의 본질이다. 꽃이 피고 새가 울면 바다는 깊어진다. 이 문장이 도달한 곳이 시의 고향이다. 헤아리기 얼마나 어려운가. 꽃과 새와 바다는 서로가 서로에게 이유가 있다.

꽃무릇 지고 단풍 드는 아름다운 순간은 잠깐이다

꽃무릇 지고 한 달 지나면 단풍이 든다. 인근의 내장사와 백양사 단풍도 좋지만 선운사 단풍은 개울에 비친 빛깔 때문에 더욱 독특하다. 선운사 옆 개울가의 단풍들은 사진작가들의 모델이다. 단풍철이면 해마다 수천 명의 작가들이 몰려온다. 단풍은 나무의 가을이다. 붉은 색은 미처 사랑하지 못해서 마음 태우는 색. 인생의 가을에 비라도 만나면 단풍마음 짐작하는 연습도 할 수 있다. 저승에 계신 아버지를 생각하는 노년의 미당 마음이 이럴까. 자기도 늙고 병든 몸이다.

단풍에 가을비 내리는 소리
늙고 병든 가슴에 울리는구나.
뼉다귀 속까지 울리는구나.
저승에 계신 아버지 생각하며
내가 듣고 있는 가을비 소리.
손톱이 나와 비슷하게 생겼던
아버지 귀신과 둘이서 듣는
단풍에 가을비 가을비 소리!

—「가을비 소리」,『늙은 떠돌이의 시』(전집 5), 324쪽.

가을비 소리는 단풍을 더 붉게 물들인다. 계절이 지나가는

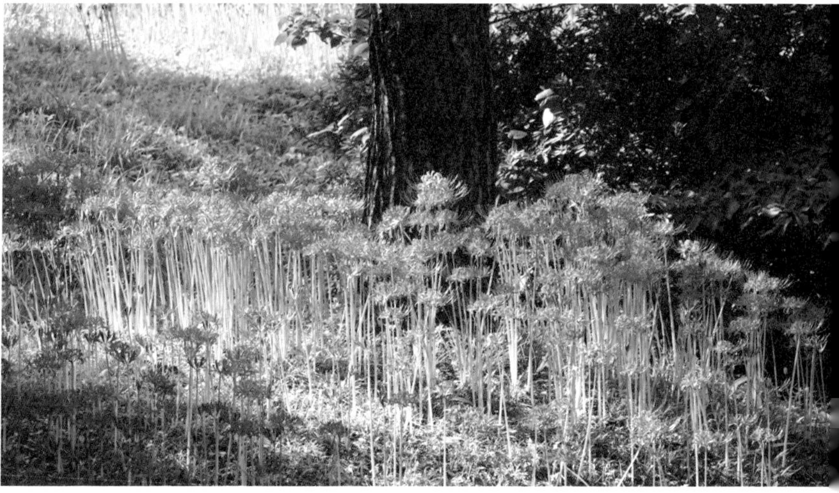

쓸쓸하고 추운 소린데 늙고 병든 가슴에 불을 지른다. 간절해서 귀신을 만나게 된다. 단풍은 예쁘기만 하지 않다. 헤어진 이에게 못다 한 말이 있으면 마음이 몰리고 쏠린다. 아버님, 죄송합니다…. 가을비 내리면 뼈가 울다가 젖는다.

가을 선운사에 가면 경전 읽는 소리 들린다. 스님들이 못다 읽은 경전, 단풍이 단체로 독송한다. 단풍철이 되면 팔만대장

바위에 내려앉은 단풍

경이 시가 되어 산을 이룬다. 장경시산藏經詩山이다. '장경시산'은 영천 은해사 조실 법타 큰스님께서 내게 주신 법명이기도 하다. "팔만대장경을 두루 읽어서 시로 만드시게…." 도력이 높다. 이름 받고서 선운사의 가을 속으로 들어오니 단풍이 경전을 읽는다. 도솔산 전체가 붉은 소리를 낸다. 단풍은 눈으로만 보는 게 아니다. 귀로 들어야 한다. 세상이 온통 시다.

선운사 동구 시비

일주문을 걸어 나오면 미당 시비가 있다. 「선운사 동구」다. 1974년에 고창 사람들이 세웠다. 처음 세워진 미당 시비다. 1942년 아버지를 여의고 장례를 치른 뒤 서울로 올라오는 길의 선운사 입구 어느 막걸릿집 체험을 시로 만든 것이다. 시작 노트를 보면 이 작품을 여러 번 고친 흔적이 보인다. '상기도'가 그렇다. '아직도, 오히려, 시방도'로 퇴고를 거듭하다가 결국에는 '상기도'를 택한다. 돌에 그렇게 새겼으니 오래 고민한 끝에 내린 결론일 것이다.

선운사 골째기로
선운사 동백꽃을 보러 갔더니
동백꽃은 아직 일러 피지 안했고
막걸릿집 여자의 육자배기 가락에
작년 것만 상기도 남었습디다.
그것도 목이 쉬어 남었습디다.

—「선운사 동구」, 『동천』(전집 1), 265쪽.

이 시는 음미하는 묘미가 있다. 올해의 피지 않은 동백과 작년의 피었다 남은 동백이 대조된다. 선운사와 막걸릿집이 대조된다. 있는 것과 없는 것, 성스러운 것과 세속적인 것이 대비된다. 유무불이有無不二고 성속불이聖俗不二다. 사유 자체가 선불교적이다. '아직은' 피지 않은 꽃과 '아직도' 남아 있는 꽃을 분별한들 뭐할까. 인연 따라 지수화풍地水火風이 모였다 흩

어질 뿐이다. 성스럽다 뽐낼 필요 없고 속스럽다 마음 다칠 일 없다. 선운사나 막걸릿집이나 간절하기로는 하나다. 수행에 간절하거나 노래에 간절하거나 마음은 하나다.

그 옛날 막걸릿집과 육자배기 자락이 그리워 다시 찾은 주막

1942년 늦가을 오후 2시쯤 질마재 마을에서 아버지 장례 뒤처리를 하고 다시 서울로 올라가는 길의 미당은 장수강 강둑을 따라 걷다가 선운사 입구의 주막을 찾는다. 술 한 잔 청하니 안주인은 아직 개봉하지 않은 꽃술이 한 단지 있다고 방 아랫목으로 불러들인다. 두 사람은 술잔을 주거니 받거니 하면서 한 도가니의 술을 다 비우는데 소리 좋아하는 미당이 안주인에게 육자배기를 신청한다. 여자가 처음엔 부끄러운 척하더니 못 이기듯 노래를 한 자락 한다. 미당은 여자의 육자배기가 '우리나라 여자 국창이었던 이화중선의 소리 비슷하게 짙은 애수를 띠는 듯하기도 하고 또 김남수 소리의 그 달빛의 투명을 아울러 가진 것 같기도' 하다고 느낀다.

이십여 년이 훌쩍 지난 뒤에 미당은 선운사를 다시 방문한다. 옛날 막걸릿집과 여자의 육자배기 가락이 생각나 주막을 찾는데 아무리 살펴도 보이지 않는다. 집은 사라지고 빈 터에 실파만 자욱이 자라고 있다. 이웃에게 사정을 물어보니 한국

전쟁 때 집은 타서 없어졌고 여자도 죽임을 당했단다. 국군과 마음 맞는 사람이라며 공산당이 그리했다고 미당의 눈을 빤히 바라보며 또박또박 증언한다.

미당은 여자 소식에 황망하고 애잔하다. 이십여 년 전 술값 두둑이 치르고 돌아 나오는 길의 어두워지는 하늘 밑에서 여자가 미당을 부른다. "동백꽃이나 피건 또 오시오 인이…." 독특한 치모음으로 발음하던 전라도 사투리 '인이'가 귀에 쟁쟁하다. 그 약속 지키려 왔는데 사람이 없다.

정신을 차려보니 밝은 대낮이다. 주막도 없고 여자도 없고 여자의 옛날 음성만 달려든다. 불타버린 빈 터에, 자욱이 돋은 실파 밭에, 근처의 동백나무 숲에, 여자의 육자배기 소리가 징소리의 여운처럼 남아 있다. 직접 겪고 느끼지 않으면 이 신비함을 모른다. 사라진 것들 속에 남아 있는 소리. 이것이 바로 시공을 초월하는 아름다움의 발견이다. 의사들은 환청이랄 테지만 시인은 간절한 옛 소리를 불러낸다. 과거를 현재로 끌어와 '목이 쉬어 남은' 육자배기 소리를 살려낸다.

누구든 비슷한 체험을 한다. 산다는 건 '지금 여기'만의 일이 아니다. 과거는 '살았다'가 아니라 지금 여기서 '함께 사는 중'이다. 성속聖俗도 그러하다. 분리되지 않는다. 과거와 현재도 나눠지지 않는다. 시간도 공간도 가치도 마음만 먹으면 하나다. 세상 좋을 것도 없고 나쁠 것도 없다.

이 막걸릿집이 과연 어디쯤 있었을까요? 미당의 동생인 우하 서정태 시인은 생전에 말했다.

"선운사 큰 삼거리에서 소요산 가는 방향으로 다리가 나오는데 그 다리 건너 질마재로 들어가는 산자락 아래쯤에 주막이 있었지. 막걸릿집을 재현하려면 거기까지 들어가지 말고 다리 건너 풍천 둑길 경치 좋은 자리 어디쯤이면 좋겠어. 거기가 거기지."

서정태 집 우하정

미당보다 여덟 살 아래인 우하는 질마재 고향마을에서 선산을 지키며 살았다. 스스로 지은 호가 '또 아래'라는 뜻의 우하又下다. 미당의 동생은 집도 생가 아래에 지어 오는 손님 맞으며 살았다. 거처의 당호도 우하정又下亭이다. 어렸을 땐 형님이 품고 재웠는데 품안엣 동생이 형님처럼 시인도 됐다. 아무리 쓴다 한들 대시인의 아래다. 2013년 나이 아흔 하나에 두 번째 시집『그냥 덮어둘 일이지』를 펴내자 베스트셀러가 되었다. 세상일에 도통해버린 구순 노인이 쓴 시는 간결하고 담백했다. 백수白壽를 코앞에 두고 2020년 1월에 작고했다. 무덤은 선산에 썼는데 형님인 미당 내외의 유택 아래쪽 입구에 낙조를 바라보며 누웠다. 또 아래다.

하전 개펄

젊은 날의 미당에게 바다는 절망의 공간이자 침몰의 집이었지만 마음 새로 먹고 달려 나가야 할 출발선이기도 했다. 아름다움과 징그러움이 공존하는 '꽃뱀'처럼 바다 역시 상반된 모습이 뒤엉켜 있는 세계였다. 번뇌와 열반이 몸 안에 함께 사는 인생. 바다는 이 언덕[此岸]과 저 언덕[彼岸] 사이에 있는 거대한 고해苦海로 나타났다.

> 귀 기울여도 있는 것은 역시 바다와 나뿐.
> 밀려왔다 밀려가는 무수한 물결 우에 무수한 밤이 왕래하나
> 길은 항시 어데나 있고, 길은 결국 아무 데도 없다.
>
> 아— 반딧불만 한 등불 하나도 없이
> 울음에 젖은 얼굴을 온전한 어둠 속에 숨기어 가지고… 너는,
> 무언의 해심海心에 홀로 타오르는
> 한낱 꽃 같은 심장으로 침몰하라.
>
> 아— 스스로히 푸르른 정열에 넘쳐
> 둥그런 하늘을 이고 웅얼거리는 바다, 바다의 깊이 우에
> 네 구멍 뚫린 피리를 불고… 청년아.
>
> 애비를 잊어버려
> 에미를 잊어버려

형제와 친척과 동무를 잊어버려,
마지막 네 계집을 잊어버려,

아라스카로 가라 아니 아라비아로 가라 아니 아메리카로 가라 아니 아프리카로 가라 아니 침몰하라. 침몰하라. 침몰하라!

오— 어지러운 심장의 무게 우에 풀잎처럼 흩날리는 머리칼을 달고
이리도 괴로운 나는 어찌 끝끝내 바다에 그득해야 하는가.

눈 떠라. 사랑하는 눈을 떠라··· 청년아,
산 바다의 어느 동서남북으로도
밤과 피에 젖은 국토가 있다.

아라스카로 가라!
아라비아로 가라!
아메리카로 가라!
아프리카로 가라!

—「바다」, 『화사집』(전집 1), 61~62쪽.

바다는 길 없는 곳에서 길을 만든다

방황하던 젊은이가 자기 선 자리에서 침몰하지 않고 달려 나갔으니 잘한 일이다. 준엄한 자기명령이 왜 아닌가. 질주하던 청년이 마주선 웅얼거리는 바다는 질마재 앞바다다. 어부 외할아버지도, 『춘향전』 읽어주던 증운이도, 좌치 나루터 사공의 큰아버지인 백순문도 바다에 나가서는 돌아오지 못한다. 풍요의 바다인 칠산 바다는 저승의 다른 이름이다. 여기 밤과 피에 젖은 국토에서 청년은 몸부림친다. 몸부림의 격렬한 형식은 솟구쳐 나아가 길 없는 곳에서 길을 만든다. 청년

에게서 배우는 인생의 용기다.

바다는 항시 어디에도 길이 있고 결국 아무 데도 길이 없는 역설의 공간이다. 양면적이고 모순적이다. 인생은 고해지만 천국이기도 하다. 미당은 젊어서부터 이를 직관했다. 고해를 보는 이에겐 고해만 보인다. 아라비아건 아프리카건 길 찾아서 나서야 하는 게 인생이다.

고창 바다, 물 빠진 빈 바다에 번지는 쓸쓸한 충만

고창 바다는 단순한 풍경이 아니라 시인의 고향 바다다. 질마재 마을 사연을 좀 알면 바다 풍경이 다시 보인다. 고창 바다의 멋은 멋진 수평선이나 아름다운 해수욕장이 아닌 개펄에 있다. 고창의 개펄은 국제적으로 인정받는 람사르 습지다. 청정 자연환경이 그만큼 좋다. 바다의 속살이 드러나는 물 빠진 빈 바다. 하전 개펄을 거니노라면 쓸쓸한 충만이 느껴진다.

우리 그냥 뻘밭으로 기어다니며
거이 새끼 같은 거나 잡어먹으며
노오란 조금에 취할 것인가

맞나기로 약속했든 정말의 바닷물이
턱밑에 바로 들어왔을 땐

고삐가 안 풀리여 가지 못하고

불기둥처럼 서서 울다간
스스로히 생겨난 메누리발톱.

아아 우리 그냥 팍팍하야 땀 흘리며
조금의 막다른 길에 해와 같이 저물을 뿐
다시는 다시는 맞나지도 못하리라.

—「조금」, 『귀촉도』(전집 1), 105쪽.

1941년에 쓴 시다. 젊은이가 마땅히 할 일도 없고 직장도 벌이도 없다. 책 읽고 글 쓰는 것은 사는 데 도움이 되지 않는다. 매천 황현1855~1910은 나라 잃은 서러움에 '국권 빼앗긴 험한 세상에 글 읽는 사람 구실하기 어렵구나.難作人間識字人'라는 「절명시」를 남기고 자결했다. 그런 서러운 감정이 물 빠진 바다의 새로운 길을 만들어낸다.

시의 앞뒤 구절을 바꿔 읽으면 막다른 느낌에서 풀려난다. '길은 결국 아무 데도 없고, 길은 항시 어데나 있다.' 물이 들어오면 배를 저어가서 누구라도 만날 텐데 고삐에 매여 있는 신세니 이마저 작파다. 빈 바다가 팍팍하다. '노오란 조금에 취할 것인가'에 눈이 멈추면 영양실조에 걸려 현기증이 날 듯하다. 개펄의 게나 잡으며 살아야 하는 처지가 처연하다.

첫 창문 아래 와 섰을 때에는
피어린 모란의 꽃밭이었지만

둘째 창 아래 당도했을 땐
피가 아니라 피가 아니라
흘러내리는 물줄기더니,
바다가 되었다.

별아, 별아, 해, 달아, 별아, 별들아,
바다들이 닳아서 하늘 가면은
차돌같이 닳아서 하늘 가면은
해와 달이 되는가. 별이 되는가.

—「여수旅愁」,『신라초』(전집 1), 225쪽.

암담한 세월이 흘러 1950년대 후반쯤 오면 바다는 자연 에너지 순환의 중요한 이미지가 된다. 피는 지구 생명의 상징이다. 모든 생명에게 피가 있다. 사람이나 짐승이나 꽃이나…. 피는 빛과 물의 연합이다. 생명이 다하면 연합이 해제된다. 빛과 물이 이별한다. 피의 붉은 색소는 빛의 세계로 나아간다. 태양계의 끝까지 여행하다가 지구로 돌아오면 동백꽃이나 맨드라미나 대추에게 '여보, 나 왔세요.' 하고 신방新房 문을 두드린다.

색소와 이별한 물은 정처 없이 떠돌다가 마침내 바다에 이른다. 바다의 물은 덥혀지면 수증기가 되고 구름이 되었다가 비가 되어 다시 지상에 내린다. 지구의 물 순환 시스템이 작용한다. 물은 하늘과 지상과 바다를 돌고 돈다. 불교의 윤회전생 비슷하다. 죽은 다음에도 다른 목숨으로 다시 나오는 게 윤회전생이다. 생로병사를 되풀이하니 근원적으로 괴롭다. 윤회전생은 괴롭다.

깨달은 사람 붓다가 되어 해탈을 하면 윤회전생의 괴로움을 벗어날 수 있다. 붓다는 어디에서 출발하는가. 사람에서 출발한다. 사람은 지구 생명이다. 지구 생명은 지구 중력권을 벗어나기 어렵다. 로켓을 보라. 얼마나 많은 공력으로 대기권을 벗어나는지 우리는 안다. 깨달음도 마찬가지 아닐까? 탐욕은 중력처럼 무겁다. 욕망을 버리는 일이 생각처럼 쉽지 않다. 사

람은 제자리에서 1미터 솟기도 힘이 든다. 중력이 잡아당긴다. 바다가 지구 물 에너지 순환계 바깥쪽을 돌파하는 것도 어렵다.

바다가 닳는다는 건 어떤 의미일까

시인은 하늘의 천체도 바다에서 나온다고 꿈꾼다. 싯다르타 왕자가 인간을 벗어나 대자유인이 되는 것처럼 바다의 물이 지구 중력계를 벗어나 해와 달과 별이 되기를 바란다. 바다는 지구 생명이다. 사람 몸에 있던 피가 빛과 물의 연합에서 헤어진 후 흘러와서 모인 세상에서 제일 큰 집이다. 제일 큰 집의 물은 닳아야 한다. 물이 닳아서 차돌같이 단단해져야 한다. 그렇게 해서 지구 중력계를 돌파해야 한다. 바다는 해도 될 수 있고 별도 될 수 있다. 바다는 가능성이다. 용맹정진 수행하는 바다가 우주의 천체가 된다. 절망의 바다를 탄식하던 이십년 전의 시인은 이제 상상력을 통해 엄청난 에너지를 만든다. 그 바다가 고창 앞바다다. 하전 개펄에 서면 바다가 닳고 있는 모습을 볼 수 있다.

물 빠진 빈 바다. 쓸쓸한 바다는 텅 비어 있지만 빛으로 충만하다. 사람들은 빈 바다에서 조개를 캔다. 어촌계 사람들이 조개 씨를 잔뜩 뿌려 놓고 물 빠진 개펄로 사람들을 부른다. 바지락 밭이다. 하늘의 별보다 하전 개펄 바지락이 많은 듯하다. 이 바지락들도 수행을 잘하면 하늘에 올라가서 별이 될 것인가.

바다가 닳는다는 건 어떤 의미일까. 몸 가볍게 하기. 욕심 버리기. 사람 몸에 있는 바다도 그렇게 줄여서 사리처럼 단단한 것만 남겨야 한다는 뜻인가? 바다가 닳아서 된 차돌은 사람에게도 비슷한 게 있기는 있다. 『삼국유사』에 전해지는 혜현스님 이야기다.

혜현스님은 백제 사람이다. 부처님 가르침에 도가 높았다. 수덕사에 머물 때는 가르침을 들으려는 사람이 많아 인산인해를 이뤘다. 스님은 번잡한 게 싫어 거처를 남쪽 달라산으로 옮겼다. 산중 토굴에서 참선 중에 열반에 들었다. 호랑이가 유해를 먹어치웠는데 머리와 혀만 남겼다. 계절이 세 번 바뀌어도 혀는 붉고 부드러웠다. 그 후에 혀는 붉고 단단한 돌처럼 변해서 토굴 안을 은은하게 비추었다.

혜현스님은 부처님 강의 잘하는 명교수다. 선사禪師라기보다는 법사法師여서 교수처럼 말로써 지식과 지혜를 전한다. 그러던 스님이 말을 버린다. 지혜를 전하던 혀를 묵언의 세계로 보낸다. 말씀 잘하시는 혜현스님의 혀는 침묵의 선정에 든 후에 진가가 나타난다. 말로써 살아가던 혀가 말을 버리자 호랑이도 먹지 못하는 신성한 기운이 서린다. 차돌같이 단단해지고 스스로 빛을 내어 동굴 안을 은은하게 밝힌다. 죽은 이의 혀가 자체 발광체가 된 것. 오묘하다. 죽어서 새로 태어난다.

스스로 빛을 내는 천체가 항성이다. 태양처럼 스스로 타오

른다. 항성은 행성을 거느리고 행성은 위성을 거느린다. 항성은 별가족의 중심이다. 스스로 빛나야 다른 별을 보살핀다. 스스로 타오르는 별이 스타다. 진짜 별이다. 붓다는 스스로 타오르는 사람이다. 스스로 깨쳐서 스스로 빛을 만들어 다른 사람을 비춘다. 바다를 닳게 해서 김들은 하늘로 보내고 남은 차돌의 단단한 힘으로 하늘로 날아가서 별이 되자는 게 시인의 꿈이다.

> 셋째 창문 영창에 어리는 것은
> 바닷물이 닳아서 하늘로 가는
> 차돌같이 닳는 소리, 자지른 소리.
> 셋째 창문 영창에 어리는 것은
> 가마솥이 끓어서 새로 솟구는
> 하이얀 김, 푸른 김, 사랑 김의 떼.
>
> —「여수」,『신라초』(전집 1), 225~226쪽.

미당, 용솟음치는 소망을 모아 생명의 기적을 노래하라

여기는 하전 개펄이다. 조개를 캐다가 조개를 만나면 수행을 얼마나 더 해야 차돌이 되는지 묻고 싶다. 조개는 바다가 비어야 만날 수 있다. 바닷물이 닳아야 만질 수 있다. 물 빠지는 것도 바다가 조금씩 닳는 것이다. 빈 바다를 기다리자. 조개를 캐려면 어촌계에 신청해야 한다. 참가비를 내고 장비를 얻어서 개펄로 들어가서는 허리 구부리고 앉아 갈고리로 조개를 캔다. 정해진 시간에 캔 것은 가져간다. 조개탕, 조개구이, 조개 칼국수… 취향대로 요리하면 된다. 망둥어를 잡는 이들도 있고 단체 여행객들 중엔 개펄 축구를 즐기는 이들도 있다. 축구장이나 족구장과는 느낌이 다르다. 바다의 맨살 위에서 논다는 게 맨발에게도 처음이다. 조개 캐던 장화를 벗고 맨발로 나선다. 맨발의 풍요, 맨발의 행복이다.

바다 이야기는 어렵고 차돌 이야기는 더 어렵다. 고창 하전 개펄에 가면 빈 바다를 그냥 바라보는 것만으로도 좋다. 조개를 많이 못 캐도 빈 바다는 풍요롭고 가슴은 시원하다. 하늘이 훨씬 많이 보이고 조개 속에 감추어진 시간도 보인다.

> 조개껍질의 붉고 푸른 문의는
> 몇천 년을 혼자서 용솟음치든
> 바다의 바다의 소망이리라.
>
> —「혁명」,『귀촉도』(전집 1), 78쪽.

젊은 날, 절망의 바다를 보았던 미당은 비슷한 시기에 이런 시를 쓴다. 1946년 삼일기념시집에 수록됐다. 시인은 바다가 몇 천 년을 소망해서 조개껍질 무늬를 만든다고 했다. 진화생물학자의 주장이나 시인의 노래나 비슷하다. 조개껍질 하나에도 수억 년의 시간이 압축되어 있다. 용솟음치는 소망을 몇

천 년 지속시켜야 조개 무늬 하나를 만든다. 생명의 기적이다. 시인은 이 기적을 혁명이라 부른다. 해방의 기쁨과 겹쳐 읽으면 가슴이 벅차다.

미당시문학관

질마재 마을 한복판. 다시 돌아와서 미당시문학관을 둘러본다. 시골학교 분교를 활용한 문학관이다. 봉암초등학교 선운 분교였다가 폐교했다. 미당의 고향마을에 문학관을 짓자는 의견이 나와 폐교를 활용하기로 했다. 고창 사람들의 좋은 아이디어다. 이 학교는 한국의 가장 아름다운 문학관이 되었다.

단아한 단층 학교 건물이 그대로 문학관이요 운동장은 앞뜰이다. 전시 공간을 확보하기 위해 학교 건물의 중간 부분을 잘라 탑처럼 5층 전시동을 만든 게 특징이다. 전시동은 노출콘크리트 구조다. 담쟁이를 심어 세월이 지나면 타고 올라가게 했다. 건축가 김원1943~의 작품이다.

미당시문학관,
소요산과 변산 앞바다가 평화롭게 만난 곳

터 자체가 풍경 속이다. 소요산과 변산 앞바다 사이에 수직과 수평 공간이 평화롭게 만난다. 퍼진 듯 솟은 듯 누운 듯 선 듯 자연의 뜻을 거스르지 않는 앉음새가 단정하다. 가운데 5층 전망대는 뒷산인 소요산을 닮았고 양 옆의 교사校舍는 변산 바다 수평선을 닮았다. 산과 바다가 건축 속에 들어가 산다. 2001년 11월 3일 건축가의 개관식 연설 원고를 한 번 보자.

4년 전에 제가 처음으로 이곳에 왔을 때, 이 주변 경치로부터 받은 인상은 이 설계가 완성되기까지 아주 중요한 요소로 작용했고, 지금까지도 강하게 남아 있습니다. 저는 그때, 자연환경뿐만 아니라, 마을의 배치와 각각의 집들에 이르기까지,

매우 평화롭고 온화한 느낌을 받았는데, 그 위에, 시인의 생가와 함께, 그의 작품에 나오는 질마재, 갯벌, 그리고 그 갯벌에서 불어오는 바람, 이 모든 것들이 시인의 밑바탕을 눈앞에 펼쳐 보여주는 것 같았습니다.

그래서 저는 이 설계가, 한 건축가의 솜씨를 자랑하는 건축 작품이 되기보다는, 고매한 시의 세계를 조금이라도 더 가깝게 보여줄 수 있는, 숨은 역할을 하게 해야겠다는 생각을 했습니다. 평소에 건축의 보편성과, 타당성과, 친환경성을 주장해온 저로서는, 오히려 당연한 결론이기도 했지만, 솔직히 이곳의 가라앉은, 속삭이는 듯한, 시적 분위기에 매료되었다고 말할 수 있겠습니다. 그러므로 저의 이 건축은 이 주변을 압도하지 않는, 절대로 홀로 튀지 않는, 잘난 척 하지 않는, 그래서 오래전부터 늘 거기에 있었던 것 같이 자연스럽고 의연한 그런 것이어야 했습니다.

이 건축은 시인의 높은 정신세계를 좀 더 가깝게 올려다 볼 받침대가 되어, 그 주어진 역할에 충실히 봉사하고, 사람들이 그 위에 올라가 주변을 좀 더 넓게 감상할 수 있는 마음의 전망대가 되어야겠다는 것이었습니다. 그것은 그 자체로 순수하고, 가능한 한 인위적 가공이 덜 보태어진, 그래서 담쟁이가 올라갈 수 있는 바탕이 되면 그만이다, 그런 생각이었습니다. 80평에 지나지 않는 작은 건물이지만 단순한 형태로 높이 세우면 훌륭한 전망대가 될 것이 틀림없었습니다. 여기에 오시는 분들은 저 위에서, 질마재와, 소요산과, 변산반도의 아름다운 능선과 격포까지에 이르는 시원한 바다와 갯벌을 볼 수 있고, 또 "스물세 해 동안 나를 키운 건 팔할이 바람이다"고 시인이 읊은 그 바람도 느낄 수가 있습니다. 여기서는 시인의 생가와 외가가 내려다보이고, 드디어는 노시인의 마지막 안식처인 가족묘지가 바라다 보입니다.

원래 이 자리에 서 있던 초등학교 건물은 가능한 한 그대로 두었습니다. 처음 이곳에 와서 교사 앞에 서니까, 소요산의 아름다운 자태가 건물로 가리워져 있었습니다. 그 부분만 조금 잘라내고, 그 자리에, 이 전망대를 세워, 산이 보이는 틈새를 만들었습니다. 새로 세운 것과 원래 있던 누운 것은 그대로 음과 양의 조화를 이루었습니다. 그래서 이것은 자연스럽게 마을의 중심에 서서, 하나의 선돌처럼, 시인의 기념비가 되었습니다.

저는 이것이 건축가의 기념비처럼 보이지 않는 것을 다행스럽게 생각합니다. 몇 년이 지나면 담쟁이 넝쿨이 감싸고 올라가, 세월의 옷을 입힐 것이고, 그에 따라 주변의 정리, 전시 내용물 보완 등 나머지 작업들이 점차로 이루어지면, 이곳은 오래된 건물처럼 나이 들어 보이는, 이 지역 출신의 시인을 기리는 명소가 될 것입니다. 그것은 물론 건축 때문이 아니라 시 때문일 것입니다.

숨은 역할, 마음의 전망대, 음양의 조화, 시인의 기념비…. 건축가의 겸손이 문장 곳곳에 드러난다. 김원은 '숨은 역할'을 강조한다. 자신을 숨김으로써 시인을 드러낸다. 건축물 자체를 시적 구조물로, 자연의 유산으로 바라본다. 소박하고 단순하다. 자연과 동화하는 시인의 집을 꿈꾼다.

미당 시가 비바람을 피하는 집

평론가 이남호 교수는 미당시문학관을 미당 시가 비바람을 피하는 집이라 부른다. 미당의 문학정신을 온전하게 모아 꿋꿋하게 지켜나가는 중심기지란 뜻일 터다. 시도 비를 피하는 집이 있어야 한다는 목소리가 따뜻하다. 이 마을에 미당의 집이 세 채나 있는 셈이다. 생가, 유택幽宅, 시의 집.

여기가 서정주 시인의 고향이다. 질마재 마을에서 서당 다니던 어린 정주와 마을의 소녀들이 달밤에 원무를 그리며 노래 부르던 그때와 별반 다르지 않다. 하늘은 깊고 푸르다. 산은 대장군처럼 버티고 서서 마을을 지켜준다. 바다는 옛 이야기를 소곤소곤 들려준다. 소년 서정주의 외할머니 같다.

질마재 마을은 외지고 쓸쓸한 낙후지역이다. 그래서 청정마을 상명당이다. 마을 전체가 자연박물관이다. 하늘 아래 바람 돌아가는 마을, 산과 바다가 속삭이는 소리, 보이는 혹은 보이지 않는 유무형의 자산들이 가득하다. 산, 고개, 바다, 개펄, 바람, 낙조, 국화꽃밭, 시…. 미당시문학관은 그 중심에 있다.

건축가는 자연과 조화하는 기념비적인 건축을 구상한다. 오래전부터 그 자리에 있어온 느낌이다. 고창군이 한반도의 첫 수도로 자랑하는 고인돌 문화, 그 현대적 변용이 선돌 모양의 전망대다. 전망대에 올라서면 격포 — 모항 — 내소사

— 곰소 — 줄포로 이어지는 외변산 해안이 파노라마처럼 펼쳐진다. 어둠이 내리면 풍치가 더욱 아름답다.

바람을 가장 많이 느낄 수 있는 곳도 여기 전망대다. 2005년 이어령 선생께서 이 전망대에 올라 단박에 작명을 했다. 바람의 전망대. 바람개비 돌리며 뛰노는 어린이 마음이 순간적으로 찾아왔나 보다. 운명적인 이름이다. 미당 문학의 본질이 고스란히 드러난다. 바람을 바라보는 곳. 바람은 장애이기도 하고 자유이기도 하다.

바람은 공기의 드라마다. 늘 살아 움직인다. 사상적으로는 전통 풍류風流와 닮았고 미학적으로는 창조와 생성의 영감靈感을 닮았다. 우리들 몸으로 와서는 숨을 닮는 바람. 숨이 곧 바람이다. 생명은 숨이 드나드는 바람의 집이다. 전망대에 서 보면 바람은 늘 불어오는데 어떤 날은 불지 않는 경우도 있다. 그런 때는 바람이 우리들 몸속으로 들어와 들숨과 날숨으로 바뀌는 것이다.

「영산홍」, 필묵에 잡티 하나 없는 선화禪畵

이따금 시문학관의 주변 들판에 지천으로 피어 있는 꽃의 환상을 본다. 봄이면 수천 그루의 영산홍이 팔을 흔들고 가을에는 마을 일대가 노란 국화로 뒤덮인다. 1년 내내 꽃 피는 마을이다. 미당 시에 등장하는 꽃만 해도 66종이나 된다. 대표적인 몇 가지만 가꾸어도 좋다. 국화, 동백, 연꽃, 매화, 영산홍….

영산홍 꽃잎에는
산이 어리고

산자락에 낮잠 든
슬픈 소실댁

소실댁 툇마루에
놓인 놋요강
산 넘어 바다는
보름 사리 때

소금 발이 쓰려서
우는 갈매기

—「영산홍」, 『동천』(전집 1), 278쪽.

시 자체가 그림이다. 한국의 깊숙한 정물화다. 낡은 수묵화 속에 영산홍만 발그레 피어 있다. 고요한 대낮이다. 여인은 잠들어 있다. 정식 아내가 아니어서 슬픈 여인. 그녀의 쓸쓸함은 툇마루에 놓인 놋요강 한 컷으로 압축된다. 필묵에 잡티 하나 없는 선화禪畵 같다. 군더더기 없는 묘사다. 이제 바다도 보여

주어야지. 바다는 산 너머에…. 멀어도 보이기는 보인다. 갈매기 한 마리까지. 물이 많이 들어오고 많이 빠지는 보름사리 때다. 갈매기는 발에 상처가 났을까? 소금 발이 쓰려서 운단다. 사실은 소실댁 처량한 신세에 시인이 우는 것이다. 소태같이 쓰고 소금같이 짜거운 인생 아닌가. 감정이입의 전형적인 상태다. 시가 탄생하는 순간이다.

이 수묵화의 밑그림을 볼까. 기초 작업은 간단하다. 영산홍은 피고 소실댁은 잠들고 갈매기는 운다. 꽃과 여자와 새 이야기로 한국의 독특한 정서와 미감을 보여준다. 그림으로 봐도 명화요 시로 봐도 명시다.

영산홍 몇 그루라도 심으면 좋겠다. 시인이 이미 보여주지 않는가. 많이 심어 아름답게 가꾸면 차원 높은 관광 상품이다. 쓸쓸하게 버려진 외진 마을의 역설이다. 영산홍 꽃밭 어디쯤이 시를 슬쩍 숨겨둔다.

시문학관, 80소년 떠돌이의 시 전시장

이젠 시문학관 안으로 들어간다. 미당 유품은 1만 점이 넘는다. 책과 사진류, 시작 노트와 지속적인 연구가 필요한 자료는 동국대학교에 기증됐고 일반 유품은 미당시문학관에 기증됐다. 기증품이 많아 수장고가 필요할 정도다. 현재 전시품도 국내 문학관 중 최대 규모다. 손톱깎이부터 장롱까지 생활 전체가 고스란히 남았다.

전시 기획 중 특이한 것은 5층의 전시동까지 오르는 벽면마다 걸어놓은 세계의 산 사진들이다. 시인은 노년에 세계의 산 이름을 즐겨 암송했다. 모두 1,628개였는데 매일 아침 3~40분에 걸쳐 외웠다. 기억력의 감퇴도 막고 세계의 산신령들과 노는 기분도 느끼고 싶어서였을 것이다. 시인답다.

> 나는
> 날이 날마닥 아침이면
> 이 세계의 산 1628개의 이름을
> 소리내어 불러서 왼다.
> 이것은
> 늙어 가는 내 기억력의 침체를 막기 위해서지만,
> 다 불러서 외고 나면
> 킬리만자로 산 밑의 사자 떼들,
> 미국 서부 산맥의 깜정 호랑이 떼들,
> 히말라야 산맥의 흰 표범의 무리들도
> 내게 웃으며 달려와서 아양을 떨고,
> 또 저 트리니닫의 하늘의 홍학의 무리들도
> 수만 마리씩
> 그들의 수풀에 자욱히 날아 앉어
> 꽃밭이 되며 꽃밭이 되며
> 나를 찬양한다.

미당 시문확관 내부

서재 재현실

해와 달도 반갑게는 더 밝어지고,

이래서 나는 다시 살아나는 것이다.

—「나는 아침마다 이 세계의 산 1628개의 이름들을 불러서 왼다」, 『80소년 떠돌이의 시』(전집 5), 396쪽.

200장 넘는 원고지에 산 이름을 빼곡하게 적었다. 영어로 산 이름을 쓰고 그 옆에 높이를 적어 넣었는데 미터와 피트를 같이 기록했다. 대륙별로 정리되어 있다. 노년의 미당은 세계의 산들을 섭렵했다. 이름을 불러서 그 산을 오르고 날았다.

대학 동기인 방송작가 전옥란과 전시 기획을 같이 했다. 우리는 미당에게 마지막 수업을 받은 제자였다. 김원 건축가와 상의하여 이 전망대에다 미당이 외운 세계의 산들을 옮겨놓고 싶었다. 1층의 낮은 산부터 출발하여 5층의 에베레스트에 이르는 여정이다. 산 사진은 건축가 사무실에서 구해왔다. 사진을 액자에 넣고 그 아래 미당 필체를 복사해서 붙였다. 전망대로 나아가는 마지막 층 입구에「자화상」액자를 걸었다. 「자화상」은 스물세 살 때 작품이다. 그 무렵의 시인 사진을 액자 속에 함께 넣었다. 계단을 걸어올라 맨 꼭대기 층에 서서 「자화상」을 읽다보면 숨 가쁘게 산에 올라 정상에 선 기분이다. 마지막 구절이 인상적이다. 돌아보면 인생도 비슷하다. "헐떡어리며 나는 왔다."

전시동은 층마다 주제가 있다. 1층은 가족, 2층은 서재, 3층은 교유한 사람들, 4층은 저술, 5층은 임종 관련 자료와 대표

미당 자화상

유품 등이다. 전시 면적이 크지 않다. 아늑하고 소박하다. 층마다 창문이 독특하게 설계되었다. 소요산 방향, 변산 바다 방향, 생가 방향, 묘소 방향을 두루 볼 수 있다. 창문은 단순한 유리창이 아니라 풍경을 걸어놓은 액자다. 전시동 내부만 예술이 아니다. 주변 일대가 풍경의 예술이다.

국화, 내 누님 같이 생긴 꽃이여

개관 기념일인 11월 3일 전후로 매년 미당문학제가 열린다. 2004년부터 미당 묘소 근처에 국화를 심어 국화축제를 겸해서 한다. 미당의 대표작 중 하나가 「국화 옆에서」다. 자연과 인생의 진리를 노래한다. 서로 도우며 사는 게 세상 이치고 꽃 한 송이조차 갖은 어려움을 이겨낸 뒤에 핀다는 이야기다.

> 한 송이의 국화꽃을 피우기 위해
> 봄부터 솥작새는
> 그렇게 울었나 보다
>
> 한 송이의 국화꽃을 피우기 위해
> 천둥은 먹구름 속에서
> 또 그렇게 울었나 보다

그립고 아쉬움에 가슴 조이든
머언 먼 젊음의 뒤안길에서
인제는 돌아와 거울 앞에 선
내 누님같이 생긴 꽃이여

노오란 네 꽃잎이 필라고
간밤엔 무서리가 저리 내리고
내게는 잠도 오지 않었나 보다

―「국화 옆에서」, 『서정주 시선』(전집 1), 125쪽.

국화의 전통 이미지는 선비의 지조와 절개다. 조선조의 문인 송순1493~1583은 이런 시조를 지었다.

풍상風霜이 섯거친 날에 ᄀᆞᆺ피온 황국화를
금분金盆에 ᄀᆞ득 다마 옥당玉堂에 보내오니
도리桃梨야 곳이온 양 마라 님의 뜻을 알괘라.

제목이 '자상특사황국옥당가自上特賜黃菊玉堂歌'라 알려졌다. 명종 임금이 홍문관에 노란 국화 화분을 선물하고 시를 지어 보라 하였다. 송순이 뜻을 받들어 시를 지어 임금을 기쁘게 하였다. 홍문관은 조선시대의 국립도서관이요 국정 자문기관이다. 사헌부(검찰), 사간원(감사원)과 함께 3대 핵심기구다. 엘리트 문사들이 집결한 곳이다. 그 중에 송순이 뽑혔다. 왕의 마음에 들었으니 인구에 회자되어 오래 전해온다.

오상고절傲霜孤節은 국화의 비유다. 서릿발 날리는 추운 날에도 외로이 절개를 지킨다는 뜻이다. 국화는 봄 한 철 잠깐 피고 지는 복숭아꽃이나 오얏꽃과 다르다. 대의를 위해 지조와 절개를 지키라는 임금의 뜻을 잘 알겠다고 썼으니 임금이 칭찬할 만도 하다. 서리 맞는 외로운 절개는 전통적인 국화의 이미지다. 지조 있는 선비. 대의를 지키는 외골수 정신. 남성과 관련된다. 천 년 전통이다.

천 년 전통을 시 한 편이 뒤집는다. 선비의 절개를 여성의 원숙미로 바꾸는 미당. 천 년 전통의 군자가 미당의 시에서 누님으로 바뀌는 것은 문화상징의 대변혁이다. 여성 존중 시대의 선언이다. 남성의 시대, 군자의 이념 시대는 가고 삶의 어려움을 이겨내는 억척 여성의 시대가 온다. 대자연도 알고 나도 안다. 소쩍새가 울고 천둥이 울고 무서리가 내릴 때, 시인은 잠이 오지 않는다. 이제 곧 누님이 돌아온다.

국화꽃이 피는 건 누님이 돌아오는 것이다. 여성이 돌아오는 것이다. 잠들고 억눌려 있던 여성성이 일어서는 것이다. '돌아온 누님'의 이미지가 바로 이것이다. 질마재 마을에서 재미나는 이야기를 들려주던 손위소녀 서운니, 줄포에서 그넷줄 밀어주던 이웃집 처녀 곽남숙의 이미지가 가슴에 오래 남았던 건 아닐까. 누님은 서정주 문학의 영원한 여인상이다. 서리는 내리고 몸은 오슬오슬한데 국화꽃은 이깟 추위쯤 '앗세 작파'하고 핀다. 여인이 야물어지면 그렇게 꽃핀다. 씩씩하고 거칠 것 없는데 원숙하고 우아하기까지 하다.

미당의 산소가 있는 안현 마을 집집마다 담벼락에 국화가 그려져 있다. 화장을 한 우아한 귀부인이 아니라 평범한 시골 아낙이요 마을 주민이다. 이들은 '인제는 돌아와 거울 앞에 선 내 누님'이다. 주민들은 시 속의 누님을 그렇게 생각한다. 인생의 온갖 어려움을 겪고 이제는 원숙한 중년 부인이 된 우리 시대의 모든 누님들. 국화는 이런 누님들을 노래한다. 서리를 맞고도 오히려 피는 꽃.

미당시문학관 주변 풍광은 외지고 쓸쓸하다. 개발 흔적이 거의 없는 자연생태박물관이다. 봉평의 메밀꽃 축제는 이효석 소설 「메밀꽃 필 무렵」의 무대를 활용한다. 초가을에 이효석 생가 일원에 메밀꽃이 흐드러지게 피면 학창 시절 읽었던

안현 마을

소설을 떠올리며 찾아온다. 질마재 마을은 명시 「국화 옆에서」의 고향이다. 온갖 어려움을 이겨낸 ‘내 누님 같이 생긴 꽃’이야말로 미당 브랜드다. 이 브랜드를 활용해서 좋은 콘텐츠를 지속적으로 생산할 수 있다. 국민소득 3만 달러를 넘으면 문화를 향유하는 인구가 많아진다. 쓸쓸하고 외진 곳을 아름다운 생태환경으로 바꾸면 천지개벽이 일어난다. 게다가 여기는 『질마재 신화』라는 독특한 문화콘텐츠가 준비된 곳 아닌가.

시집 속 사람들

3부.

사람들 이야기

『질마재 신화』 속 인물들 중 몇 사람을 소개한다. 이들은 질마재에 실제로 살았던 사람들이다. '신화'는 '신들의 이야기'가 아니라 '특별하고 재미있는 이야기'란 뜻이다. 미당은 '하늘밑에서는 거의 없는 일'이라고 표현한다. 가난한 마을 사람들의 삶 속에서 사건의 특별함을 발견하려면 밝은 눈이 있어야 한다. 인간 생의 심층 매력을 찾아내는 눈. 역사 이래 지속되는 인간 본성을 발견하는 눈. 따라지 인생도 얼마든지 성자가 될 수 있다는 믿음의 눈이다.

눈 밝은 이에게는 어린 시절 서정주 소년과 눈 맞추며 걸었던 물동이 이고 가는 소녀의 모습이 보일 것이다. 귀 밝은 이에게는 외할머니가 들려주던 옛이야기책 속의 사건 세계가 들려올 것이다. 맛의 탐미파는 미당 생가의 마당으로 쏟아지는 은하수가 들어간 밤의 칼국수 맛도 상상해볼 수 있을 것이다.

이들 질마재 마을 사람들의 면면은 흥미진진 그 자체다. 궁상과 풍요, 성스러움과 속스러움을 한 몸 안에 가지고 산다. 인간은 누구나 이율배반적이다. 좋을 것도 없고 나쁠 것도 없다. 멋진 떠돌이들은 한 쪽에 치우치지 않는다. 오감을 살리는 체험을 하면서 자기 몸의 진짜 주인이 된다. 그의 슬기구멍이 열리기만 한다면….

질마재 마을의 조각상

신부

신부는 초록 저고리 다홍치마로 겨우 귀밑머리만 풀리운 채 신랑하고 첫날밤을 아직 앉아 있었는데, 신랑이 그만 오줌이 급해져서 냉큼 일어나 달려가는 바람에 옷자락이 문돌쩌귀에 걸렸습니다. 그것을 신랑은 생각이 또 급해서 제 신부가 음탕해서 그 새를 못 참아서 뒤에서 손으로 잡아다리는 거라고, 그렇게만 알곤 뒤도 안 돌아보고 나가 버렸습니다. 문돌쩌귀에 걸린 옷자락이 찢어진 채로 오줌 누곤 못 쓰겠다며 달아나 버렸습니다.

그러고 나서 사십 년인가 오십 년이 지나간 뒤에 뜻밖에 딴 볼일이 생겨 이 신부네 집 옆을 지나가다가 그래도 잠시 궁금해서 신부 방 문을 열고 들여다보니 신부는 귀밑머리만 풀린 첫날밤 모양 그대로 초록 저고리 다홍치마로 아직도 고스란히 앉아 있었습니다. 안쓰러운 생각이 들어 그 어깨를 가서 어루만지니 그때서야 매운재가 되어 폭삭 내려앉아 버렸습니다. 초록 재와 다홍 재로 내려앉아 버렸습니다.

—「신부新婦」, 『질마재 신화』(전집 2), 27쪽

시집 『질마재 신화』에 수록된 첫 작품이다. 신부는 이 마을 사람은 아니다. 어려서부터 들어오던 전설을 빌렸다. 한국의 많은 여인들이 이런 비슷한 고생을 하며 살았다. 사십 년인가 오십 년은 현실적 시간이라기보다는 상징적인 시간이다. 여성의 권리가 억압받는 상황의 문학적 표현이다. 시집의 첫 머리에 이 작품이 수록된 것은 억울한 모든 여인들을 위한 위로와 찬양의 의식儀式이다. 질마재 마을이 한국인의 영원한 문학적 고향이 되는 이유다.

초록과 다홍은 첫날 밤 신부를 상징하는 색이다. 그녀는 족두리 화관을 벗고 귀밑머리를 풀며 이제 잠자리에 들 준비를 한다. 아름다운 꽃잠을 꿈꾸고 있는데 신랑이 하필 이때 오줌이 마렵다. 여자의 마음은 설레는데 남자의 몸은 방정맞다. 지화자 좋구나 부어라 마셔라…. 혼인식 뒤의 풍경이 눈에 선하다. 신부는 숨도 제대로 못 쉬고 대기한다. 많이 취한 신랑은 이제 신방에 들어 거룩한 의식을 치르려 한다.

신부는 가슴이 두근거리고 떨린다. 신랑이 옷고름 풀어도 진득허니 앉았으야 헌다… 피토스러 말구…. 친정 엄마 목소리도 들린다. 헌데 신랑의 손길이 오다가 만다. 신랑이 문 밖으로 나간다. 그 다음 사건은 시가 보여주는 대로다. 친정이고 시댁이고 하나같이 말한다. 여자는 한 번 혼인하면 시댁의 귀신이 돼야 한다. 새 신부는 신랑 손 한 번 못 잡고 앉은 자리에서 귀신이 된다.

오랜 세월이 지나 한때 신랑이었던 성질머리 급하고 웡머식하게 덜 떨어진 사내가 다시 이 마을을 지난다. 옛날 신부가 궁금해 신부네 집에 들러 소식을 물으니 수절하다 죽었다고 한다. 코끝이 찡하고 마음이 싸하다. 제사라도 지내주어야겠다. 무당 불러 굿을 하는데 이 무당이 참 용하다. 오십 년 전 신부 모습을 지금 막 보는 것처럼 씨월렁거린다.

에고 아가야, 얼마나 분하고 억울허것냐. 그놈의 성질머리 급한 신랑넘이 지 옷자락 문짝에 걸린 줄도 모르고 널 공연히 의심했구나. 니가 뒤에서 잡아당기는 줄 알고 말일시. 에고 가여운 아가야, 엄청 늦기는 했어두 그넘이 인제 오긴 왔구나. 내가 대신 사과를 받으마 받어. 이보게 영감, 새 신부 아기가 지금 내 몸에 들어왔네. 가여웁거든 좀 어루만져주시게….

무당은 잠시 뒤에 눈물을 훔치며 말한다. 이쁘기도 이쁘제. 한나도 안 늙었으야. 근디 워쪄, 몸이 푸석푸석허니 재가 되얐지 뭐냐. 맴이 을매나 새캄시리 탔으면 몸뚱어리가 재가 다 되얐것냐? 오십 년이 지나두 신랑넘이 와서 맨져주니깨 그래도 한이 좀 풀리긴 풀리나 봬. 저 앉은 자리에 풀썩 꺼지드랑께. 근디 별일 다 있어라우. 무신 놈의 재가 첫날 밤 초록 저고리 다홍치마 빛깔 그대로 폭삭 내려앉냔 말이지. 무섭기두 하구 예쁘기두 하구….

이 여인은 어떤 여인인가? 억울하게 대접받은 모든 여성의 영혼이 여기 '재가 된 여인'이다. 지금 현재도 세계 곳곳에 '살아 있는 재'는 얼마나 많은가. 고생하는 신데렐라도 원래는 '재를 뒤집어 쓴 아가씨'다. 이 시는 모든 소수자와 비주류를 위한 위로의 의례다. 신부는 그런 상징이다. 그래서 이 시는 특수하면서도 보편적이다. 가장 한국적인 게 가장 세계적이라는 말이 여기에 해당한다. 이런 문학은 각국의 언어로 번역되고 다양한 매체로 변용되어 몇 백 년을 살아간다.

외할머니

미당의 외할머니도 특별하다. 우하 서정태의 회고에 따르면 이름은 모르고 성은 노盧씨다. 남편의 본관은 광산, 이름은 운재, 직업은 어부다. 김운재金雲才는 바다에 나가서 돌아오지 않았다. 형제는 없다. 김운재는 딸 둘에 아들 하나를 두었다. 둘째 딸이 미당의 모친 김정현이다. 첫째 딸에 대해서는 알음이 없다. 미당의 외삼촌은 김판진金判振으로 해방 직후에 졸했다. 1남 3녀를 두었지만 자녀를 일찍 여의고 막내딸 김정순만 생존했다. 외가 쪽은 사람이 귀하다.

외할머니 노씨는 손자의 이야기문학 선생님으로 미당에게 큰 영향을 미쳤다. 외가가 친가에서 2백 미터도 채 떨어지지 않아서 어린 정주는 자주 가서 놀았다. 엄마는 꾸중도 하지만 외할머니는 그러는 법이 없다. 남편 그리워하는 마음을 늘 안고 산 과부여서일까. 손자에게 그리움과 다정함을 전수해준 인물이 외할머니다.

바닷물이 넘쳐서 개울을 타고 올라와서 삼대 울타리 틈으로 새어 옥수수밭 속을 지나서 마당에 흥건히 고이는 날이 우리 외할머니네 집에는 있었습니다. 이런 날 나는 망둥이 새우 새끼를 거기서 찾노라고 이빨 속까지 너무나 기쁜 종달새 새끼 소리가 다 되어 알발로 낄낄거리며 쫓아다녔습니다만, 항시 누에가 실을 뽑듯이 나만 보면 옛날이야기만 무진장 하시던 외할머니는, 이때에는 웬일인지 한 마디도 말을 않고 벌써 많이 늙은 얼굴이 엷은 노을빛처럼 불그레해져 바다 쪽만 멍하니 넘어다보고 서 있었습니다.

그때에는 왜 그러시는지 나는 아직 미처 몰랐습니다만, 그 분이 돌아가신 인제는 그 이유를 간신히 알긴 알 것 같습니다. 우리 외할아버지는 배를 타고 먼 바다로 고기잡이 다니시던 어부로, 내가 생겨나기 전 어느 해 겨울의 모진 바람에 어느 바다에선지 휘말려 빠져 버리곤 영영 돌아오지 못한 채로 있는 것이라 하니, 아마 외할머니는 그 남편의 바닷물이 자기 집 마당에 몰려 들어오는 것을 보고 그렇게 말도 못하고 얼굴만 붉어져 있었던 것이겠지요.

—「해일海溢」, 『질마재 신화』(전집 2), 28쪽.

아름다운 시다. 나이 든 중년 과부의 얼굴 홍조에 대한 이야기다. 외가가 바다 쪽에 있어 이따금 해일이 밀려오면 바닷물이 마당까지 올라왔던 모양이다. 사건을 해석하는 눈이 독특하다. 어린 손주는 뭐가 즐거운지 낄낄거리고 돌아다니는데 이야기 선수인 외할머니는 외려 말이 없다. 주름진 얼굴이 노을빛으로 붉게 물든다. 멍하니 서서 바다바라기만 하고 있다. 시인은 나이 들고 나서야 할머니의 바다바라기 이유를 알아차린다. 바다에 빠져 죽은 남편의 바닷물이 집 마당으로 돌아오는 것이라 해석한다. 다정한 할아버지 할머니요 다정한 손자다. 삶과 죽음을 뛰어넘는 정이다. 은근하고 끈질긴 그리움 말이다.

일상생활에선 확인할 길 없는 마음의 세계다. 그리움 간직하고 살기. 어쩌다 그리움이 모습을 드러낼 때가 있다. 들키지 않으려 애를 써도 들키게 된다. 말이 없으니 더 좋다. 분위기만으로 감정을 주고받는다. 바닷물이 밀려오니 바다에서 죽은 남편이 어찌 오는 듯하지 않으랴.

바닷물이 오는 건 그리운 사람이 오는 것

삶과 죽음의 문제가 깊숙하게 다루어진다. 바닷물이 오는 건 그리운 사람이 오는 것이란다. 바닷가에 사는 여인들 마음이 다 비슷하지 않을까. 외할머니는 그런 여인들을 대변한다. 대체로 남자들이 먼저 세상을 떠나면 여자들이 남편 몫까지 남은 삶을 더 산다. 남편의 제삿날 자녀들이 제 지내는 동안 뒤에서 부인은 혼자 중얼거린다. 임자, 나 좀 빨리 데려가시구랴. 그만 살고 싶다는 이야기다. 자녀들은 뻔한 거짓말로 이해한다. 돌아간 남편 그리워하는 마음이 얼마나 간절한지 자녀들이 어찌 다 알겠는가. 제사 돌아오는 거나 바닷물 밀려오는 거나 그리운 이 만나는 건 마찬가지다. 미당은 자신의 외할머니 경험에서 사람의 보편적이고 간절한 그리움을 찾아낸다. 그래서 이 시는 사사로운 경험담이 아니라 보통사람의 이야기로 공감을 얻는다.

외할머니네 집 뒤안에는 장판지 두 장만큼 한 먹오딧빛 툇마루가 깔려 있습니다. 이 툇마루는 외할머니의 손때와 그네 딸들의 손때로 날이 날마닥 칠해져 온 것이라 하니 내 어머니의 처녀 때의 손때도 꽤나 많이는 묻어 있을 것입니다마는, 그러나 그것은 하도나 많이 문질러서 인제는 이미 때가 아니라, 한 개의 거울로 번질번질 닦이어져 어린 내 얼굴을 들이비칩니다.

그래, 나는 어머니한테 꾸지람을 되게 들어 따로 어디 갈 곳이 없이 된 날은, 이 외할머니네 때거울 툇마루를 찾아와, 외할머니가 장독대 옆 뽕나무에서 따다 주는 오디 열매를 약으로 먹어 숨을 바로 합니다. 외할머니의 얼굴과 내 얼굴이 나란히 비치어 있는 이 툇마루에까지는 어머니도 그네 꾸지람을 가지고 올 수 없기 때문입니다.

—「외할머니의 뒤안 툇마루」, 『질마재 신화』(전집 2), 33쪽.

때거울 툇마루. 세계 유일의 마루다. 손때. 체지방이 적당히 새어나와 닿는 물건마다 달라붙는다. 아는 체하는 사람 말로는 지극정성至極精誠이다. 남 보이는 데만 깔끔하게 청소하지 않고 안 보이는 구석구석까지 닦는 여인네. 아주까리나 동백이나 콩기름 같은 걸 바를 테지. 하도나 많이 문질러서 거무튀튀한 마루가 거울처럼 반질거리더니 급기야 얼굴까지 비친다. 여인들의 고된 가사 노동이 대를 이어 만들어낸 기적이다. 시인에게만 보인다. 때가 명경이 되고 힘든 가사노동이 빛나는 거울이 된다. 이 구조가 바로 『질마재 신화』가 지향하는 역설의 세계다. 외지고 쓸쓸한 곳이 상명당으로 바뀌듯 손때 잔뜩 묻은 툇마루가 거울이 된다. 거기 얼굴을 비추면 어린아이라도 자기를 생각하게 된다. 때거울 툇마루는 성찰의 마루다.

뒤안 툇마루,

할머니와 손자의 마음이 한 데 어우러지는 곳

엄마에게 꾸지람 되게 들어 외할머니에게 달려오면 엄마도 더 이상 뭐라 하지 않는다. 외할머니와 함께 있는 뒤안 툇마루. 이 집 여인들의 진정한 고향이다. 거기는 할머니와 손자의 마음이 한 데 어울리는 작은 피난처. 어떤 잘못도 용서되는 현대판 소도蘇塗다. 소도는 중국 역사서 『삼국지』의 「위서」 '한전韓傳'에 이렇게 기록되어 있다. 한韓은 우리의 옛 국가인 마한, 변한, 진한의 삼한이다.

> "귀신을 믿으므로 국읍國邑에서는 각기 한 사람을 뽑아 천신에 대한 제사를 주관하게 하였는데, 이 사람을 천군天君이라 부른다. 또 이들 여러 나라에는 각각 별읍別邑이 있는데 이것을 소도蘇塗라 한다. 큰 나무를 세우고 거기에 방울과 북을 매달아 놓고 귀신을 섬긴다. 도망자가 그 속에 들어가면 모두 돌려보내지 않았다."
>
> —『삼국지』「위서」'한전韓傳'

『삼국지』를 찬술한 진수陳壽. 233~297가 '귀신'으로 부른 것의 정체는 오늘날의 유령ghost이 아니다. 동이족의 조상신이자 하늘을 주관하는 신성한 존재인 환인桓因이다. 변방 오랑캐의 조상신이므로 중국인의 입장에서 특별히 우대하지 않으려는 태도가 반영되어 있다. 여기서 주목할 것은 '소도' 공간의 기능이다. 소도는 신성한 장소여서 죄지은 자도 들어가면 내보내지 않아도 된다는 게 중국학자에겐 특이하게 보인다. 잘못도 용서되는 공간이 삼한 땅에는 오래 전부터 있어 왔다는 것이다. 소도는 사회법 상의 잘못을 용서해주는 신성하고 특별한 공간으로 존속해 왔다. 이런 사례가 일상 속에서도 얼마든지 수용된다. 어린 정주에겐 외가가 바로 '소도'다. 다정과 관용을 경험하는 작은 학교. 가쁜 숨을 바로 하도록 치유해 주는 병원은 왜 아닌가. 외할머니는 의사도 되고 변호사도 된다.

'외할머니의 얼굴과 내 얼굴이 나란히 비치어 있는 이 툇마루'는 사람의 마음을 깊이 살피는 지혜와 성찰의 마루다.

외가는 터만 남았다. 질마재 마을 입구 삼거리 근처 정미소 건물 뒤편이다. 지금은 정미소도 헐리고 없어 외가 터라는 알림표지만 덩그러니 있지만 실은 이 자리가 아니고 그 뒤의 공터가 외가 자리다. 만조에 해일이 일려오면 마당까지 바다가 들어오는 집. 붉은 노을과 함께 외할머니의 얼굴도 불그레해지는 집. 손자와 외할머니의 얼굴이 함께 비치는 뒤안 툇마루의 집. 다정하고 흥미진진한 이야기가 들리는 집. 지금은 사라진 문학의 집.

외할머니의 묘는 질마재 마을에서 선운사 쪽으로 가다가 장수강 다리 건너기 직전 왼편 솔숲에 있다. 미당 외할머니가 궁금한 이들은 참배해도 좋다. 요즘은 자녀들이 성장해 결혼을 하고 아이를 낳으면 부모들이 그 손자 손녀를 잘 돌보지 않는 경향이다. 그래서 젊은 맞벌이 부부는 아이를 놀이방에 보내랴 유치원 보내랴 바쁘다. 나라에, 미당 외할머니 같은 이가 많으면 좋겠다. 미당시문학관 운영 프로그램 중에 '이야기 할머니' 제도가 있어도 괜찮지 않을까.

소자 이 생원네 마누라님

소자小者 이 생원네 무우밭은요. 질마재 마을에서도 제일로 무성하고 밑둥거리가 굵다고 소문이 났었는데요. 그건 이 소자 이 생원네 집 식구들 가운데서도 이 집 마누라님의 오줌 기운이 아주 센 때문이라고 모두들 말했습니다.

옛날에 신라 적에 지도로대왕은 연장이 너무 커서 짝이 없다가 겨울 늙은 나무 밑에 장고만 한 똥을 눈 색시를 만나서 같이 살았는데, 여기 이 마누라님의 오줌 속에도 장고만큼 무우밭까지 고무시키는 무슨 그런 신바람도 있었는지 모르지. 마을의 아이들이 길을 빨리 가려고 이 댁 무우밭을 밟아 질러가다가 이 댁 마누라님한테 들키는 때는 그 오줌의 힘이 얼마나 센가를 아이들도 할 수 없이 알게 되었습니다. “네 이놈 게 있거라. 저놈을 사타구니에 집어넣고 더운 오줌을 대가리에다 몽땅 깔기어 놀라!” 그러면 아이들은 꿩 새끼들같이 풍기어 달아나면서 그 오줌의 힘이 얼마나 더울까를 똑똑히 잘 알

밖에 없었습니다.

—「소자 이 생원네 마누라님의 오줌 기운」, 『질마재 신화』(전집 2), 30쪽.

이 무밭은 미당의 아우 서정태 시인의 거처인 우하정 옆 땅이다. 욕쟁이 여인이 이 마을에서 실제로 살았다고 생각하면 흥미진진하다. 마을 전체가 문학사적으로 문화재다. 여기 마누라님은 건강하고 쾌활하며 거침없이 씩씩하다. 해방된 육체, 해방된 여성의 전형이다. 전통사회의 여성 미덕을 통쾌하게 뛰어넘는다. 상스럽게 말하면 무식한 욕쟁이 여편네인데 미당은 그렇게 묘사하지 않는다.

신라왕비는 왜 끌어들이나. 왕도 왕비도 육체 조건이 특이하다. 왕은 성기가 크고 그 짝은 똥이 장고만 하다. 무슨 역사서가 이렇게 망측할까. 그거야 지금 기준이다. 옛사람들에겐 육체의 건강미가 중요한 가치가 아니었을까. 그러나 이 우스꽝스러운 시가 우리 역사와 문화의 깊숙한 심연을 보여준다면 이 또한 재미있지 않겠는가.

장고가 열쇠 말이다. 장구라고도 하는 타악기다. 두드려서 소리를 낸다. 두드리는 소리는 신명을 불러일으킨다. 두드려 춤을 추며 기세를 올리는 게 고무鼓舞다. 고무는 신명을 초대하는 사전 의식儀式이다. 미당은 고무를 신바람으로 본다. 신바람이 신명이고 풍류다. 관광버스 안에서도 쿵쿵 뛰며 노래 부르는 한국 사람의 신명은 단순한 예술적 감흥만이 아니다. 건강한 생명의 회복이 그 중심에 있다.

미당은 이념이나 이성에 의해 권좌에서 물러나게 되는 전통 자연주의 사상을 되살리고 싶어 한다. 신라 때는 그게 가능했다. 고려와 조선시대, 송나라 명나라의 주자학이 들어와서 이 땅의 토속사상이 물러나게 된 걸 아쉬워한다. 시인은 신라정신이 현대까지 이어진다는 걸 질마재 사람들을 통해 말하고 싶다. 그래서 『질마재 신화』의 인물들은 미당 어렸을 적의 사람들만이 아니다. 천 년의 마음을 가지고 살아가는 현대판 신라인들이다.

장고를 고무해서 무밭이 잘된다는 생각은 말끝 이어가기 놀이 같지만 은근한 속으로는 역사 잇기다. 지도로대왕 왕비의 똥 기운이 이생원네 마누라님의 오줌 기운으로 이어져 온다는 이야기다. 유머라고 웃어넘기면 그만이다. 왕비의 장고만 한 똥이 발견되었다는 경주 모량리와 고창 질마재는 시간과 공간이 모두 멀리 떨어져 있지만 인간 본성은 그리 멀어질 수 없다. 욕망과 건강과 풍요의 이름으로 두 여인은 만난다. 왕족과 보편적 민중이, 천 년의 세월을 넘어서, 똥오줌을 통해서 공통점을 찾아간다.

이런 결합이 특별하다. 왜 학자들은 이 시집을 많이 연구하나? 학술적으로 다루어야 할 영역이 크고 많고 넓다는 뜻이다. 시인은 『질마재 신화』 속 인물들을 단순히 고향사람으로만 바라보지 않는다. 그들은 유교 사상이 들어오기 이전의 우리 토속 사상을 몸속에 지녀온 저 신라인의 후예다. 한반도의 본류 토속 사상을 생활 속에서 이어가려 한다.

소자 이 생원네 마누라님은 욕쟁이 여편네가 아니라 씩씩한 여걸이다. 천 년 전의 신라 왕비처럼 건강미인의 정통성을 가진다. 여인 앞에서는 소자 이 생원 남편도 찌질하고 동네 아이들도 꿩 새끼들처럼 풍기어 달아난다. 이 정도면 질마재 마을 여왕감이다. 건강한 육체는 이 마을 사람들의 정체성이다. 바람피우는 과부 이야기도 육체의 건강과 관련된다. 그 이름도 오묘한 알뫼집 이야기로 넘어가 볼까.

알뫼집

알뫼는 질마재 고개 넘어 흥덕 가는 중간 어디쯤의 지명이다. 뫼는 산의 옛말이니 알처럼 동그스름하게 생긴 산언덕이 있는 마을인 듯싶다. 미당은 알뫼를 쇠점거리로 기억한다. 소를 사고파는 작은 우시장이 있는 동네라는 뜻이다. 그 마을에서 질마재 마을로 시집온 사람이 알뫼집이다. 그녀는 남편 여읜 과부다. 젊고 미모가 있으니 사단이 나게 마련인데 이 사단이 재미있다. 지켜야 할 도리와 좋은 맛 사이의 대립을 보인다. 시골마을 작은 공동체에도 삶의 문제는 간단치 않다.

> 알뫼라는 마을에서 시집와서 아무것도 없는 홀어미가 되어버린 알뫼댁은 보름사리 그뜩한 바닷물 우에 보름달이 뜰 무렵이면 행실이 궂어져서 서방질을 한다는 소문이 퍼져, 마을 사람들은 그네에게서 외면을 하고 지냈습니다만, 하늘에 달이 없는 그믐께에는 사정은 그와 아주 딴판이 되었습니다.

음 스무날 무렵부터 다음 달 열흘까지 그네가 만든 개피떡 광주리를 안고 마을을 돌며 팔러 다닐 때에는 "떡 맛하고 떡 맵시사 역시 알묏집 네를 당할 사람이 없지." 모두 다 흡족해서, 기름기로 번즈레한 그네 눈망울과 머리털과 손끝을 보며 찬양하였습니다. 손가락을 식칼로 잘라 흐르는 피로 죽어가는 남편의 목을 축이었다는 이 마을 제일의 열녀 할머니도 그건 그랬었습니다.

달 좋은 보름 동안은 외면당했다가도 달 안 좋은 보름 동안은 또 그렇게 이해되는 것이었지요.

앞니가 분명히 한 개 빠져서까지 그네는 달 안 좋은 보름 동안을 떡 장사를 다녔는데, 그동안엔 어떻게나 이빨을 희게 잘 닦는 것인지, 앞니 한 개 없는 것도 아무 상관없이 달 좋은 보름 동안의 연애의 소문은 여전히 마을에 파다하였습니다.

방 한 개 부엌 한 개의 그네 집을 마을 사람들은 속속들이 다 잘 알지만, 별다른 연장도 없었던 것인데, 무슨 딴손이 있어서 그 개피떡은 누구 눈에나 들도록 그리도 이쁘게 만든 것인지, 빠진 이빨 사이를 사내들이 못 볼 정도로 그 이빨들은 그렇게도 이쁘게 했던 것인지, 머리털이나 눈은 또 어떻게 늘 그렇게 깨끗하게 번즈레하게 이쁘게 해낸 것인지 참 묘한 일이었습니다.

—「알묏집 개피떡」,『질마재 신화』(전집 2), 50~51쪽.

알묏집은 두 얼굴의 여인. 바람난 과부면서 솜씨 좋은 떡장사다. 점잖지 못한 이야기는 미당의 일반 산문에선 잘 언급하지 않지만 시집에서는 종종 다루어진다. 왜 그럴까. 이야기를 다루는 관점이 균형을 잡기 때문이다. 손가락질 받을 짓을 해도 이유가 있다고 본다. 그렇게 함으로써 마을 공동체를 통합시킨다. 유무불이, 성속불이, 텅 빈 충만의 역설이 한 사람 한 사람에게 적용된다. 이런 걸 통일신라 정신이라 생각한 건 아닐까. 고려와 조선시대엔 발도 붙이지 못했던 생각이다. 그런데 질마재 마을 사람들은 그렇게 산다. 신라 때 사람들처럼.

미당은 고향사람 이야기를 『질마재 신화』에서 단순히 열전 형식으로 펼쳐 보이지 않는다. 더 깊은 속에는 한국인의 원형을 찾아보려는 마음이 있었던 것 아닐까. 그런 흔적이 소설 『석사 장이소의 산책』에 비친다. 서술자이자 주인공인 보조사공 장이소는 스스로 '제1한국인'이 되기로 단단히 작정한다. 제1한국인 정신은 무엇인가.

이 정신은 인간의 양면성을 통합한다. 서로 다른 기운이 뒤엉켜 있는 태극처럼 역동적이다. 음양이, 위아래가, 모든 상반된 요소들이, 한 몸에 같이 있다. 안 좋은 환경에서 더 좋은 결과를 내기. 에베레스트에서 나리꽃을 피우기, 척박한 환경에서 피는 꽃이 생명력이 더 강하다는 예술적 자존감을 드러낸다. 쓸쓸하고 외진 곳이 상명당이라는 이 책의 주제와 같다. 알묏집 역시 그렇다. 사람들에게 비난받는 여인이기에 그녀에 대한 상찬은 더 극적이다.

사람의 양면성은 보편적 주제다. 시인 릴케는 자기 마음속에 천사와 악마가 함께 산다고 믿었다. 악마가 날아가기를 바라지만 그러면 천사마저 날아갈까 두려워했다. 상반된 대립적 특성이 분리되지 않은 채 살아가는 게 인간 숙명이라는 통찰이다. 우리는 지옥과 천국을 몸 안에서 같이 만들며 산다. 질마재 사람들에겐 그런 양면성이 유독 많다.

알뫼집은 도덕적으로 비난받지만 요리 솜씨가 뛰어나서 용서받는다. 비난과 용서가 반복되는 삶이 그녀의 운명이다. 그녀의 행동에는 자연의 원리가 작용한다. 머리나 눈치가 개입하지 않는다. 달이 뜨고 지는 게 여자의 몸을 조종한다. 달이, 몸이, 남자를 원한다. 내 몸이 내 맘대로 되지 않는다. 원시 자연성이 질마재의 삶을 지배하는 중요한 원리다.

달이 안 좋은 보름 동안은 손이 그녀를 살린다. 떡 만드는 솜씨가 남달라 마을사람 모두가 그녀의 개피떡을 칭찬한다. 아름다움 앞에서 속수무책이듯 맛있는 음식 앞에서 무너지는 게 인지상정이다. 미도 권력이고 쾌락도 권력이다. 쾌락의 막강한 힘이 마을사람들 입을 통해 제 모습을 드러낸다. “떡 맛하고 떡 맵시사 역시 알뫼집 네를 당할 사람이 없지.”

도덕은 욕망을 억제하고 식도락은 욕망을 해방한다. 알뫼집 이야기는 욕망의 억제와 해방이 시소놀이처럼 오르락내리락 하는 과정임을 보여준다. 비난할 것도 찬양할 것도 없다. 도덕만큼 예술도 중요하고, 욕망의 해방이 필요하듯 욕망의 억제도 필요하다. 통합의 관점이다. 세상 좋을 것도 나쁠 것도 없다. 좋고 나쁨의 분별을 뛰어넘으라. 인생은 매 순간, 매 시간, 이랬다저랬다 한다. 우리 몸에 숨이 들어오고 나가는 것처럼.

고창은 복분자와 풍천장어로 유명하지만 알뫼집 개피떡이 지역 특산물이 되는 상상을 해본다. 함평 모시떡, 의령 망개떡, 나주 절굿대떡, 안동 버버리찰떡… 전국에 맛난 떡이 얼마나 많은가. 질마재 마을엔 개피떡이 먹거리 산업으로서 가능성이 많다. 맛과 모양과 색깔로 경쟁하지 말고 '묘한 딴손'의 레시피를 찾아야 한다. 거기에 이야기를 입히면 금상첨화다. 남편 복 지지리 없이 쓸쓸하게 살다가, 바람난 과부라 핀잔이나 받다가, 그래도 떡의 명장 알뫼집으로 21세기에 다시 태어난다면 이 부인의 혼령이 저승에서라도 좋아하지 않을까 싶다.

상가수와 진영이 아재 그리고 장사익

요즘은 가수가 인기도 사랑도 많이 받는 세상이지만 예전엔 천한 광대거나 딴따라 논다니 취급을 받았다. 전문 노래꾼은 소수다. 특정 사안마다 기능적인 소리를 하는 사람들은 많았다. 상여 소리, 모내기 소리, 방아타령, 육자배기…. 질마재 마을에도 그런 이가 있다. 마을에 길흉사가 있으면 자기 일을 마다하지 않는다.

> 질마재 상가수의 노랫소리는 답답하면 열두 발 상무를 젓고, 따분하면 어깨에 고깔 쓴 중을 세우고, 또 상여면 상여머리에 뙤약볕 같은 놋쇠 요령 흔들며, 이승과 저승에 뻗쳤습니다.
>
> 그렇지만, 그 소리를 안 하는 어느 아침에 보니까 상가수는 뒷간 똥오줌 항아리에서 똥오줌 거름을 옮겨 내고 있었는데

요. 왜, 거, 있지 않아, 하늘의 별과 달도 언제나 잘 비치는 우리네 똥오줌 항아리, 비가 오나 눈이 오나 지붕도 앗세 작파해버린 우리네 그 참 재미있는 똥오줌 항아리, 거길 명경明鏡으로 해 망건 밑에 염발질을 열심히 하고 서 있었습니다. 망건 밑으로 흘러내린 머리털들을 망건 속으로 보기 좋게 밀어 넣어 올리는 쇠뿔 염발질을 점잔하게 하고 있어요.

명경도 이만큼은 특별나고 기름져서 이승 저승에 두루 무성하던 그 노랫소리는 나온 것 아닐까요?

—「상가수上歌手의 소리」, 『질마재 신화』(전집 2), 29쪽.

이 사나이는 가수이기 이전에 미당 집에서 머슴을 살기도 했다. 그때 경험을 시로 만들었다. 어린 정주는 유학儒學을 공부하는 점잖은 어른보다 자연에 묻혀 사는 사람이나 심미적 예술가를 좋아했다. "숭어 낚시질과 쟁기질과 참외, 수박 농사를 즐기며, 아이들에게 손수 가꾼 참외를 더러 인심도 쓰며, 항시 빙글거리고 점잔 빼지 않고 사는 '진영이 아재'라는 이름을 가진 구레나룻 털보"를 좋아했고, 장구 잘 치고 노랫소리 좋은 머슴 '상곤이'를 좋아했다. 진영이 아재는 자연파요 상곤이는 심미파다.

신라의 석학 고운 최치원857~?은 전통사상인 풍류도風流道가 유불도儒佛道 삼교를 합치고 있다고 했다. 다른 나라 종교의 중요한 특성을 우리 사상은 이미 가지고 있다고 보았다. 삼교융합이다. 고유의 사상이 삼교융합인 것처럼 질마재에도 세 유형의 사람들이 섞여 산다. 미당의 분류에 따르면 심미파, 유자파, 자연파다. 셋이 다 다른데 어울려 조화를 이룬다. 삼태극 같다. 천 년 전 사상은 바람이 되어 천 년 후 질마재 마을에도 스며든다.

심미파는 유희와 예술에 뛰어난 사람들로서 알뫼집이나 상가수가 여기 속한다. 유자파는 도덕주의자들로서 아버지, 눈들영감, 조 선달 등 주로 나이든 남자들이다. 자연파는 자연의 도에 따라 스스로 지혜를 익혀 사는 사람들이다. 할머니, 외할머니를 비롯한 대부분의 여인들이 여기 속한다. 진영이 아재도 자연파다. 이 사내는 『질마재 신화』에는 직접 등장하지 않지만 미당에게는 깊은 인상을 남긴 사람이다.

우리 마을 진영이 아재 쟁기질 솜씨
이쁜 계집애 배 먹어 가듯
이쁜 계집애 배 먹어 가듯
안개 헤치듯, 장갓길 가듯.

샛별 동곳 밑 구레나룻은
싸리밭마냥으로 싸리밭마냥으로,
앞마당 뒷마당 두루 쓰시는
아주먼네 손끝에 싸리비마냥으로.

수박꽃 피어 수박 때 되면

소수리바람 위 원두막같이,
숭어가 자라서 숭어 때 되면
숭어 뛰노는 강물과 같이,

당산나무 밑 놓는 꼬누는,
늙은이 젊은애 다 훈수 대어
어깨너머 기우뚱 놓는 꼬누는
낱낱이 뚜렷이 칠성판 같더니.

—「진영이 아재 화상畫像」, 『신라초』(전집 1), 194~195쪽.

자연의 숨기구멍이 열린 사람, 진영이 아재

진영이 아재는 쟁기질의 장인이다. 비유가 압권이다. '이쁜 계집애 배 먹어가듯'은 즐거운 상상이다. 잘 익은 배 베어 먹는 모양이며 소리며 이쁜 계집애의 표정이 온몸에 달려든다. 밭을 가는 솜씨가 예술의 경지다. 배 한 입 베어 먹고 파인 자국이 눈에 보인다. 시원상큼한 소리 들린다. 건장한 남자와 예쁜 소녀가, 밭 가는 모습과 배 먹는 모습이 겹친다.

진영이는 듬직한 덩치에 구레나룻이 풍성하다. 싸리나무 밭같이 생겼다. 에로스가 은근하다. 시인은 암시한다. 어떤 손길이 다가와서 수염을 쓴다. 여인이다. 앞마당 뒷마당 싸리비로 쓰는 것처럼 진영이 아재 구레나룻을 쓸어 어루만진다. 길을 낸다. 쟁기가 밭에 길을 내는 것처럼. 싸리비가 마당을 쓰는 것처럼. 섹스어필하는 건장한 남자의 구레나룻을 손쟁기질 한다. 처음엔 예쁜 소녀가 달려들더니 이번엔 마당 쓰는 아주머니가 달려든다.

진영이 아재는 숭어 낚시 선수에 철마다 자연의 때에 맞추어 못 하는 게 없다. 사람 북새판보다 자연 속에 혼자 잠기기를 즐긴다. 글은 몰라도 자연으로부터 배워 슬기구멍이 열린 사람이다. 미당은 천 년 전 사람들의 정신이 문맹을 통해서 더 잘 이어진다고 생각한다. 이것이 바로 신라 풍류도에 있었던 자연파의 정신이다. 자연파는 삶을 자연의 일부분으로 본다. 사람과 자연을 분리시키지 않는다.

진영이 아재가 소 뒤에 쟁기를 달고 밭가는 모습은 정성스럽고 곡진하다. 정성과 곡진으로 말하면 소리꾼 장사익도 못지않다. 미당의 시 「저무는 황혼」에 곡을 붙인 〈황혼길〉을 듣노라면 심금이 떨린다. 조근조근 살금살금 감정을 당겼다 풀면서 청중의 가슴 밭을 간다.

새우마냥 허리 오구리고
누엿누엿 저무는 황혼을
언덕 넘어 딸네 집에 가듯이
나도 인제는 잠이나 들까.

굽이굽이 등 굽은

근심의 언덕 넘어
골골이 뻗히는 시름의 잔주름뿐,
저승에 갈 노자도 내겐 없느니

소태같이 쓴 가문 날들을
역구풀 밑 대어 오던
내 사랑의 보 또랑물
인제는 제대로 흘러라 내버려 두고

으시시히 깔리는 머언 산 그리메
홑이불처럼 말아서 덮고
엣비슥히 비끼어 누어
나도 인제는 잠이나 들까.

—「저무는 황혼」, 『동천』(전집 1), 261쪽.

상가수는 속됨과 성스러움, 추함과 아름다움의 경계가 없다

장사익은 예인藝人이고 가객歌客이다. 소리꾼이라는 말만으로는 예藝와 가歌의 깊숙한 전통을 맛보기 어렵다. 예인과 가객의 진정한 예술성은 정성과 곡진이다. 신명을 다해 사람과 귀신을 울리고 이승과 저승을 감동시키는 게 정성이고 곡진이다. 이 노래의 처연하고 비감스런 배경음악은 저무는 하늘의 붉은 노을 같다. 한 소절 한 소절 나아가는 소리는 언덕 넘어 딸네 집에 가는 노인네 발걸음 소리로 들린다. 산 그림자를 홑이불처럼 말아서 덮고 비스듬히 누워 잠드는 노인. 날 저물 듯 저무는 인생이다. 인생은 허리 오그라지면서 그렇게 간다. 돈 한 푼 없다. 저문 하늘에 저승 차비 동냥 가는 나그네가 보인다. 그 모습 표현하기 어렵다. 간신히 찾아낸 말이 있긴 있다. 누엿누엿. 인생이 저물어가는 소리다.

진영이 아재도 곡진하고 장사익도 곡진하다. 간절한 마음이 온몸에 스며서 매 순간 정성을 다하는 게 곡진이다. 곡진한 태도가 궁극에 이르면 예술의 경지가 된다. 질마재 마을 상가수도 그런 사람이다. 농부가도 상여소리도 일품이다. 온갖 소리 잘하는데 시인의 눈에는 이승과 저승을 잇는 게 으뜸이다. 산 사람 심금도 울리고 귀신도 감동시킨다.

이야기에 반전의 묘미가 있다. 최고의 가수가 갑자기 세속적 인간으로 확인된다. 그는 뒷간 똥오줌 항아리를 옮겨내는 평범한 시골 남정네였던 것이다. 천지를 감동시키는 곡진한 소리꾼은 거름통을 거울삼아 머리 빗는 머슴이다. 반전은 또 있다. 항아리 속의 똥오줌은 단순한 배설물이 아니라 미적 상징인 거울이다. 게다가 그 거울은 특별나고 기름지다. 그런 이유 때문에 평범한 시골 남정네가 이승과 저승을 잇는 최고의 가수라고 시인은 능청을 떤다. 배설물이 성물이 되는 역설의 미학이다.

상가수의 삶에는 속됨과 성스러움, 추함과 아름다움의 경계가 없다. 「선운사 동구」에서 신성한 사찰 공간인 '선운사'와 세속의 표상인 '막걸릿집 여자의 육자배기 가락'이 함께하는 모습과 비슷하다. 누가 배설물을 아름답다 하는가. 시조 시인 가람 이병기1891~1968도 "하늘에 별과 달은 소망에도 비친답네"라며 거든다. 배설물 통 지고 나르는 무지렁이 농군 머슴을 예술가로 바라보면 똥오줌 항아리조차 멋진 거울이 된다.

> 아무리 집안이 가난하고 또 천덕꾸러기드래도, 조용하게 호젓이 앉아, 우리 가진 마지막 것— 똥하고 오줌을 누어 두는 소망 항아리만은 그래도 서너 개씩은 가져야지. 상감 녀석은 궁의 각장 장판방에서 백자의 매화틀을 타고 누지만, 에잇, 이것까지 그게 그까진 정도여서야 쓰겠나. 집 안에서도 가장 하늘의 해와 달이 별이 잘 비치는 외따른 곳에 큼직하고 단단한 옹기 항아리 서너 개 포근하게 땅에 잘 묻어 놓고, 이 마지막 이거라도 실컷 오붓하게 자유로이 누고 지내야지.
>
> 이것에다가는 지붕도 휴지도 두지 않는 것이 좋네. 여름 폭주하는 햇빛에 일사병이 몇천 개 들어 있거나 말거나, 내리는 쏘내기에 벼락이 몇만 개 들어 있거나 말거나, 비 오면 머리에 삿갓 하나로 응뎅이 드러내고 앉아 하는, 휴지 대신으로 손에 닿는 곳의 흥부 박잎사귀로나 밑 닦아 간추리는—이 한국 '소망'의 이 마지막 용변 달갑지 않나?
>
> '하늘에 별과 달은

소망에도 비친답네.'

가람 이병기가 술만 거나하면 가끔 읊조려 찬양해 왔던, 그 별과 달이 늘 두루 잘 내리비치는 화장실—그런 데에 우리의 똥오줌을 마지막 잘 누며 지내는 것이 역시 아무래도 좋은 것 아니겠나? 마지막 것일라면야 이게 역시 좋은 것 아니겠나?

—「소망(똥깐)」,『질마재 신화』(전집 2), 52쪽.

똥오줌 항아리는 질마재 마을에서는 냄새나고 지저분한 배설물 통이 아니다. 하늘의 별과 달을 비춰주는 거울이다. 상가수가 자기 얼굴 비추듯이 하늘의 별과 달도 지상의 더러운 똥오줌 항아리에 자기를 비춘다. 배설물 통이 곧 천체다. 지옥이 극락이고 생사가 열반이다. 파천황破天荒도 이런 파천황이 없다. 꿈이 아니라 실생활에서 일어나는 일이다. 별과 달이 늘 두루 잘 비치는 화장실 이야기의 결론은 무엇인가. 똥오줌 잘 눠야 건강하다는 것이다. 결국 육체 예찬이다.

몸이 중요하다. 시집 속의 인물들은 건강한 육체, 씩씩하고 쾌활한 육체를 이어받아 산다. 악착같이 먹고, 뜨끈하게 사랑하며, 시원하게 배설하는 사람들이 미당의 고향 마을 사람들이다. 이들은 자연에서 배우고 천 년 습성을 이어받으며 심미적인 감각으로 살아간다. 김부돌, 박동채, 한선봉, 장웅수 같은 '기호 인간'이 아니다. 몸의 존재들이다. 빼빼 마른 여든 살짜리 영감은 왜 시집 속의 주인공이 되었을까.

눈들 영감

'눈들 영감 마른 명태 자시듯'이란 말이 또 질마재 마을에 있는데요. 참, 용해요. 그 딴딴히 마른 뼈다귀가 억센 명태를 어떻게 그렇게는 머리 끝에서 꼬리 끝까지 쬐끔도 안 남기고 목구먹 속으로 모조리 다 우물거려 넘기시는지, 우아랫니 하나도 없는 여든 살짜리 늙은 할아버지가 정말 참 용해요. 하루 몇십 리씩의 지게 소금장수인 이 집 손자가 꿈속의 어쩌다가의 떡처럼 한 마리씩 사다 주는 거니까 맛도 무척 좋을 테지만, 그 사나운 뼈다귀들을 다 어떻게 속에다 따 담는지 그건 용해요.

이것도 아마 이 하늘 밑에서는 거의 없는 일일 테니 불가불할 수 없이 신화의 일종이겠습죠? 그래서 그런지 아닌 게 아니라 이 영감의 머리에는 꼭 귀신의 것 같은 낡디낡은 탕건이 하나 얹히어 있었습니다. 똥구녁께는 얼마나 많이 말라 째져 있었는지, 들여다보질 못해서 거까지는 모르지만….

—「눈들 영감의 마른 명태」, 『질마재 신화』(전집 2), 34쪽

서정태 시인에게 들으니 '눈들'은 지명이라고 한다. 그렇다면 '넓은 들'이 '너른 들'로 되었다가 '눈들'이라는 입말로 불렸을 것이다. 딱 집어 어디라 단정하지 않아도 된다. 자그마한 동리에서 숨 한 번 크게 쉴 수 있는 정도의 벌판이면 눈들이다. 눈이 많이 내리는 곳이라는 설도 있다고 했다. 그러면 눈 쌓인 들이니 좀 더 을씨년스럽고 척박한 느낌이다.

위의 시는 다 꼬부라진 노인네의 불가사의한 식탐 이야기다. 아마도 마을에서 제일 연장자일 테지. 이 영감님을 '여든 살짜리'라 부르는 장면부터 해학이 넘친다. 너스레를 떨며 말로 가지고 논다. 입에서부터 똥구녁까지 이 어르신은 몽땅 까발겨진다. 인권도 존경의 마음도 잠시 물린다. 마른 뼈다귀같이 생긴 노인네가 억센 명태를 먹는 장면을 서커스 묘기처럼 묘사한다. 꼴불견 느낌도 있고 생명의 경이로움에 대한 찬탄도 있다. 양면을 다 가진다.

이 영감님은 팍팍하다. 깡말랐으니 몸의 물기가 다 빠졌다. 마른 명태 같다. 마른 뼈다귀 명태가 억센 명태 먹는 이야기다. 생명 다 날아가 박제처럼 굳어버린 생선을 박제 같은 노인네가 잇몸으로만 우물거려 먹는다. 노인을 희화화하면서 동시에 경이롭게 만든다. 한 면만 보지 않는다. 이빨 빠진 위대한 건강, 노탐 속의 치열한 의지, 억척으로 여든 살 너머를 살고자 하는 인간 본성을 본다.

일본 작가 후까사와 시치로의 단편소설「나라야마 부시코」에 보면 산골 노인네를 고려장 하는 장면이 나온다. 아들은 나이든 아버지를 지게에 둘러메고 산에 올라 절벽 아래로 떨어트려 죽이려 한다. 온몸을 포박당한 아버지는 떨어지지 않으려 버둥거리며 악을 쓴다. 죽이려는 아들과 죽지 않으려는 아버지의 대결 옆에서 이 소설의 주인공 아들과 어머니는 조용히 지켜본다. 어머니는 나이 먹으면 조용히 죽음을 선택하는 이 마을의 전통 의례를 받아들인다. 산골마을에 식량이 귀해 입 하나라도 덜어야 하기 때문이다. 이웃집 할아버지는 전통을 거부하지는 않지만 생의 마지막 순간에 본능적으로 반항한다. 조용히 죽음을 받아들이는 주인공 어머니보다 훨씬 인간적이다. 생명은 살아 있는 상태를 유지하도록 프로그래밍 되어 있다. 스스로 생명을 버리는 게 반생명적이다. 먹고, 싸고, 짝짓기 하는 모든 게 생명의 의지다. 윤리나 도덕에 의해 가려지지 않는다. 눈들 영감도 그렇고『질마재 신화』전체가 이런 구도다.

"이것은 아마 이 하늘 밑에서는 거의 없는 일일 테니 불가불 할 수 없이 신화의 일종이겠습죠?"는 중요한 힌트다. 미당이 말하는 신화는 신들의 이야기가 아니다. '하늘 밑에서는 거의 없는 일'이다. 독특한 사건인데, 알고 보면 이 하늘 밑에서는 거의 없어도 천 년 전 하늘 밑에서는 있을 법한 일이다. 현대에서 거의 사라진 이야기. 고려와 조선에는 없었지만 신라에는 있었던 이야기. 생명의 의지 이야기. 그런 게 질마재 마을에 있다는 것이다. 그래서 불가불 신화라 부른다. 질마재는 결국 '신라 – 질마재'다.

질마재 신화, 천년 전 하늘 밑에서는 있을 법한 이야기

늙어 꼬부라져 귀신처럼 보이는 눈들 영감. 손주가 소금장수라는 이야기 족보를 따져보니 이 영감님은 소년 정주의 이웃집 친구 황동이의 증조할아버지 아닐까? 황동이 할아버지는 소금장수 아들이 사다 주는 사과를 '야몽야몽' 잡숫는 인물 아니던가. 황동이 아버지는 장수강 인근 염전에서 소금 해다가 지게에 지고 가서 질마재 고개를 넘어간다. 흥덕 시장에 가서 팔아서는 사과를 사서 아버지께 드린다. 소금장수의 할아버지, 그러니까 황동이 증조부에게는 꿈속의 떡처럼 마른 명태 한 마리를 사다 드린다. 눈들 영감은 위아랫니 하나 없이 잇몸만으로 사나운 뼈다귀들을 목구멍 속으로 따 담는 불가사의한 묘기를 보여준다. 그 아들은 귀한 사과를 깎아서 야몽야몽 잡숫고…. 먹는 행위는 이 영감님들의 주요한 성격이다.

먹어야 산다. 가난하고 서러워도 인간은 먹어야 사는 존재다. 나이도 염치도 필요 없다. 열흘 굶으면 자식도 잡아먹는 게 인생이다. 시인 단테1265~1321도 보여주지 않았나. 13세기 이탈리아 내전에서 반역죄를 선고받은 우골리노는 아들들과 함께 탑 속에 갇혀 어떤 음식도 먹지 못하게 하는 형을 받는다. 굶주림에 견디다 못해 아들을 잡아먹으며 연명하지만 결국은 자신도 아사한다. 단테는 『신곡』에서 이 처절한 식욕의 화신을 지옥으로 떨어트린다.

인생은 먹는 거다. 늙어 꼬부라져 귀신 형용이 돼도 먹어야 산다. 윤리, 도덕, 예술이 다 뭔가. 자식 먼저 죽어 애간장 끊어지는 부모도 울면서 먹는다. 밥이 목구멍으로 들어가는 게 원망스러우면서도 먹는다. 먹어야 산다. 생존은 맹목적 의지다.

> 궁하던 철의 안경알 마찰공 스피노자마냥으로, 하늘은 내가는 앞길의 석벽을 닦고,
>
> 맨 늦가을을 나는, 많은 사람의 수없는 왕래로 닳아진— 질긴 줄거리들만 남은, 누른 띠밭 길 위에 멎어 버렸었다.
>
> 갈매의 잔치였다가, 향기였다가, 한 켤레 메투리로 우리 발에 신겨졌다가, 다 닳은 뒤에는 길가에 던져져서, 마지막 앙상한 날들만을 드러내고 있는 — 다 닳은 신날 같은 모양을 한 이 의지! 이 의지!
>
> 이 속날들만이 또 한번 드러나 앉은 이 의지 때문이었다.
>
> —「어느 늦가을 날」, 『신라초』(전집 1), 214쪽.

시인은 가난하다. 네덜란드 철학자 스피노자1632~1677가 한때 안경알 닦는 일을 한 것처럼, 시인 가는 길에는 하늘도 돌

벽을 닦는다. 돌을 얼마나 갈아야 유리가 될까. 시인의 길은 그만큼 어렵다. 늦가을의 시인 나그네는 질긴 줄거리만 남은 누런 띠밭에서 잠시 멈춘다. 앙상하게 마른 닳고 닳은 신날 같은 한 오라기가 눈에 밟힌다. 생명의 의지다. 마지막까지 버티려는 생명의 힘이 곧 '눈들 영감 마른 명태 자시듯'이 아닐까. 꼴불견으로 웃기기도 하지만 위대한 건강과 생의 의지는 도시의 나약한 독자들을 숙연케도 한다.

소×한 놈

질마재에 특별한 사건 하나만 더 이야기하자. 전대미문의 수간獸姦 사건에 대한 소문이다. 소문이므로 사실이 아니다. 품행 좋고 잘생긴 총각은 평소에 자기 집 암소를 애지중지 위해 준다. 새벽에 일어나 소의 눈을 바라보며 소 눈에 고이는 눈물이 참 이뻐다는 말도 한다. 말이 씨가 된 걸까. 암소를 예뻐하는 총각이니 음양의 조화가 일어났으리라고 상상이 들썩거린다. '소×한 놈'이라는 소문이 난다.

'소×한 놈'을 어떻게 읽어야 하는가. 소 엑스한 놈, 소 붙은 놈, 소 씹한 놈, 소 꼽표한 놈, 소 지랄한 놈, 소 씨앗질한 놈, 소 뺵한 놈, 소 톳쟁이질한 놈, 소 거시기한 놈… 여러 방법이 있겠다. 시인은 읽는 방법을 일러주지 않는다. '×'는 금기에 대한 상징이다. '해서는 안 될 짓'이라는 뜻이다. '×'는 억압된 리비도의 기호다. 제어되지 않는 강렬한 성적 충동은 언어로 태어나서 통용되면 안 된다. '×'는 비非언어도 아니고 반半

언어도 아닌 대체언어다. 그러므로 언어로 재현될 때는 전적으로 읽는 사람의 자유 선택에 따른다. '소와 성교해서는 안 될 짓을 한 짐승 같은 놈'이라는 맥락을 존중하면 된다. 당대 질마재 마을 민중들이 어떻게 표현했을까를 상상하는 게 도움이 된다. '소 뺵한 놈', '소 톳쟁이질한 놈'은 '남색男色'이니까 제외된다. '거시기'는 속뜻이 매우 풍성한 전라도 방언이므로 과히 속되지 않게 '×'를 대체할 수 있을 듯하다. '소 거시기한 놈'에 한 표 던진다.

> 왼 마을에서도 품행 방정키로 으뜸가는 총각놈이었는데, 머리숱도 제일 짙고, 두 개 앞니빨도 사람 좋게 큼직하고, 씨름도 할라면이사 언제나 상씨름밖에는 못하던 아주 썩 좋은 놈이었는데, 거짓말도 에누리도 영 할 줄 모르는 숫하디숫한 놈이었는데, '소×한 놈'이라는 소문이 나더니만 밤사이 어디론지 사라져 버렸다. 즈이 집 그 암소의 두 뿔 사이에 봄 진달래 꽃다발을 매어 달고 다니더니, 어느 밤 무슨 어둠발엔지 그 암소하고 둘이서 그만 영영 사라져 버렸다. "사경四更이면 우리 소 누깔엔 참 이쁜 눈물이 고인다"고 누구보고 언젠가 그러더라나. 아마 틀림없는 성인聖人 녀석이었을 거야. 그 발자취에서도 소똥 향내쯤 살풋이 나는 틀림없는 틀림없는 성인 녀석이었을 거야.
>
> —「소×한 놈」, 『질마재 신화』, 71쪽.

이 총각, 한 마디 반응도 없다가 암소와 함께 조용히 사라진다. 그래서 소문은 더 커진다. 소 눈물 이뻐다고 말한 것밖에 없다. 별 거시기한[미친] 녀석 다 보겠네. 처녀를 거시기[이뻐]해야지 즈이 집 소를 거시기[이뻐]하남! 취향이 거시기[특이]한가 보네. 즈이 암소랑 거시기 했을 겨…. 해괴한 상상이 부풀려져 점점 사실로 둔갑한다. 이야기란 그렇다. 없는 죄도 만들어 씌운다. 언론과 검찰이 잘못 꾀금 있는 이를 죄인 만드는 방식과 다를 바 없다.

이야기꾼은 긍정도 부정도 하지 않는다. 소를 사랑한 총각의 마음만은 귀하게 여긴다. 그래서 이 총각 녀석에게 성인聖人의 지위를 내린다. 암소의 뿔에 진달래 꽃단장해서 다니는 총각. 발자취에서 소똥 향내도 나는 총각. 마치 결혼한 부부같이 묘사한다. 사람들은 '소×한 놈'이라 패악질치지만 시인은 점잖게 부른다. 성인聖人 녀석. 소똥 향내.

'성인'과 '향내'는 시인이 상상하는 모습이고 '녀석'과 '소똥'은 사람들이 보는 현실이다. 상반된 두 세계가 한 단어 속에 합쳐진다. 역설이다. 미친한 사람이 성인이 되고 똥냄새는 향내가 된다. 이리 보면 녀석이고 저리 보면 성인이다. 똥에서도 향기가 난다. 따라지 같은 생도 보기에 따라 광땡이다. 처음으로 돌아가 이야기하면 똑같다. 외지고 쓸쓸한 곳이 상명당이다.

『질마재 신화』에는 가난과 소외를 이겨내는 생활철학이 가득하다. 이제 이 시집 속의 사람들처럼 살아갈 수 없는 세상이지만 질마재 정신을 잘 이해하고 이어가는 실천이 중요하다. 마을을 천천히 걸어 다니며 시집 속의 인물과 배경을 살피는 일은 한 차원 높은 문학공부다. 골목길 어디쯤일까. 알묏집과 소자 이 생원네 마누라님과 상가수와 진영이 아재의 목소리가 바람결에 들릴지도 모른다.

서정주 시세계를 찾아가는 문학 여행

누구의 흰가슴에 붉은 꽃이 피는가

지은이 윤재웅
사 진 박성기
일러스트 권세혁

펴낸이 박현숙

책임편집 맹한승
디자인 서경아, 남선미, 서보성

펴낸곳 도서출판 깊은샘
출판등록 1980년 2월 6일(제2-69)
주 소 서울특별시 용산구 원효로80길 5-15 2층
전 화 02-764-3018~9 팩스 02-764-3011
이메일 kpsm80@hanmail.net

초판 1쇄 인쇄 2021년 11월 3일
초판 1쇄 발행 2021년 11월 11일
ISBN | 978-89-7416-259-7 (03810)